Walter Fröhlich

S wird all bleder

mont de Wafrö

STADLER

Verlag Stadler

INHALTSVERZEICHNIS

3

SO ISCHES DOCH!

Wo de na gucksch, s siehts doch jeder,
rings um de ume, »S WIRD ALL BLEDER!«
Zwar isch d Natur so schä wie suscht,
aber d Leit hond nint wie Fruscht.

Sie froged sich, wa isch au etzt,
mer sind doch scho total vernetzt,
fascht jeder hot doch en PC,
wa wemmer eigentlich no meh?

Me hot ä Handy und hot Fax
und trotzdem hot de Mensch en Knax.
Zwar war er nie so gscheid wie heit,
nu »S WIRD ALL BLEDER« mit de Leit.

So gscheid se sind, des isch des Schlimme,
sie verschtond enander nimme.
Ob se jung sind, oder älter,
ringsrum wird doch des Klima kälter.

Obwohl doch alls organisiert,
de Mensch schtoht umenand und friert,
und des de liebe lange Tag,
weil er sich selber numme mag.

Wer aber sich it liebe ka,
s isch grad egal, ob Wiib, ob Maa,
do ka'sch mer sage, wa de witt,
der liebt halt au sin Nächschte it.

De Mensch vu heit hots ebe schwer,
weil er it woß, wo kumm i her,
bin uf de Welt, woß it fir wa
und woß au it, wo gang i na.

Mer hot so s Gfiihl, etz isch's soweit,
mir sind glaub us de Mitte keit.
So ka me halt, des isches ebe,
trotz allem Fortschritt it guet lebe.

S fehlt uns de Sinn, des sieht doch jeder,
drum schtimmt der Satz au, »S WIRD ALL BLEDER!«

Wenn fangt s Läbe a

Jeder vu uns hot ä paar Gschichte, wo fescht i sim Hirn ver-ankeret sind und die wo om s ganz Läbe lang begleitet. Sie gond om nie us em Kopf und all wieder mol wird mer durch irgend ä Ereignis frisch druf gschtosse. One vu miine Lieb-lingsgschichtle isch die vum Turmbau zu Babel. Do hond se bekanntlich welle en Turm baue, bis ufe i de Himmel, bis de Herr-Gott gset hot, mer wänd etz doch emol luege, wa die Menschle do mached. S war ihm it so ganz geheuer, woner gsäne hot, daß die etz bald zunem i de Himmel ufe kum-med mit ihrem Türmle.

No hot er glacht und zu sich selber gset: »Auf, steigen wir hinab und verwirren wir dort ihre Sprache, so daß keiner mehr die Sprache des anderen versteht!« Und vu dert a, hond se enand nimme verstande. Etz glaubed jo hüt no vill Leit, daß domols Englisch, Französisch, Griechisch, Latein und alle die andere Schproche entstande sind, aber wer des glaubt, der glaubt falsch. Do sind it die Schproche und die Dialekt gmont, sondern die Tatsach, daß alle vum gliiche schwätzed, aber jeder mont ebbes anders. Die Menschheit schwätzt zum Beispiel weltweit vum Friede, aber jeder hot ä andere Uffassung, wie der gmacht were sott. Die babyloni-sche Schprochverwirrung goht abe, bis i die tiefschte Schichte vum Volk.

Mer ka'nere jede Tag mol oemeds begegne. Do hot zum Beispiel unsere Freundin die Mei aagruefe und hot ganz traurig verzellt, sie möß morge mit ihrem Kätzle zum Tier-arzt, zum sterilisiere. Sie hot denn die Mei gfrogt, »wie war denn des bi dir?« Etz hot die Mei am Telefon gset sie sei no nie schterilisiert wore. Not hot unsere Freundin gmont, »ha doch, du war'sch doch au scho!« Bim Tierarzt hot se gmont, aber sie hot eigentlich sage welle, du hosch doch dei Kätzle

7

au scho zum Tierarzt zum schterilisiere brocht. Aber ersch wo die Mei, nomol ganz laut und deitlich am Telefon gset hot, »ha etz glaub mer's doch, i bin it schterilisiert wore, nu unsere Katz«.

Do isches unsere Freundin allmählich kumme, daß do ä schprochliche Verwirrung stattgfunde hot und sie hond sich denn sofort wieder verstande, die Mei und unsere Freundin. Ganz im Gegesatz zu sellene drei Fraue, wo sich neulich driber underhalte hond, wenn eigentlich s Läbe afangt. Gemeint war des Leben als solches, denn wenn e Katz »sterilisiert« isch, no ka bi dere ko Läbe afange und bi de Mensche isches genau gliich. De Underschied isch nu der, daß des »Strelisiere« vumene Mensch ä schwere Sünd isch, aber des isch sellene wieder egal, wo sich »strelisiere« lond. Schterilisiere isch gege die Natur, bim Mensch. Bi de Katz it, drum isches bi de Katz ko Sünd.

De Mensch moß Läbe schaffe, suscht isch des ä Sünd und iber den Beginn vu dem Läbe hond sich die drei Fraue underhalte. Die ei hot gmont, daß des Läbe scho afangt bi die Zeugung. Die ander Frau aber war de Meinung, daß des eigentliche Läbe ersch aafangt noch ä paar Woche, oder ersch wenn die werdende Mamme s Läbe spührt. Die Dritt vu dene Fraue, sie war scho wengele älter, die hot wieder ä ganz andere Uffassung vum Lebensbeginn ghet. Die hot gmont: »Ihr hond jo ko Ahnung! S Läbe fangt ersch aa, wenn de Maa gstorbe isch und d Kinder us em Huus sind!« Des isch etz ä klassisches Beispiel vunere Schprochverwirrung anhand vu dem Begriff »Läbe!« Wo mer selle Frau a ihrem hundertzweite Geburtstag gfrogt hot, wie's ihre goht, no hot die ganz schlicht und eifach gset: »Ha, seit min Jüngschte etz im Altersheim isch, bin i ganz z'friede!«. Do ka mer denn nu wieder sage: So isch s Läbe!

Menschwerdung

It alleweil, aber manchmol scho, beschäftiget mi die Frog, ob d Menschheit eigentlich Fortschritt macht. Nei, it i de Wisseschaft und de Technik, im menschliche Bereich, mon i, im Mensch sei. S giit jo alleweil no gnueg eso Simpel, wo moned, Mensch sei doch Mensch, und mer sei Mensch, wemmer uf d Welt kummt. Debei isch des die schwerscht Arbet wo's giit, des Mensch-were. Wenn mi alls wieder mol ebber so richtig saubled frogt:»Wa machsch au all«, no sag i nu,»i schaff a minere Menschwerdung«. Aber des isch nadierlich au verloge. Mer duet all nu so, als dät mer dra schaffe. In Wirklichkeit schafft mer lieber a de Menschwerdung vu de andere Lüt. A dene bräselet und meckeret mer rum, weil se it so sind, wie mir se gern hetted.

Mer moß halt all wieder ufs neue feschtschtelle, daß es leichter isch, ime andere is Fiidle gucke, als sich selber. Wemmer Zeitung liest, Radio hört oder im Fernsäeh lueget, no kännt mer jo de Glaube a d Menschheit scho verliere. Aber ebe grad denn sott mer sich wieder mol vor de Schpiegel schtelle und sich froge,»wa isch Männle, wie schtohts mit dim Fortschritt in Sache Menschwerdung?"

Komisch, wa bi sottige Reflektione use kummt. Wemmer au nu ä klei wengele ehrlich isch, no giits zwei Meglichkeite. Entweder mer verzweiflet a sich selber, oder mer lacht sich halbe z tod. S isch nämlich genau wie bi andere Leit au. Bi dene schtellt mer nämlich fescht, daß der oder die sell all no gliich sind, wie se früener wared. Do heißts denn,»der war scho als Bue ä Rindvieh, oder die isch scho als Mädle ä Kueh gsi!« Des saged die andere vu unsereins sicher au, und sie lieged mit dere Analyse it emol wiit denäbe. Wemmer des mol so sieht und ehrlich zuegiit, daß mer selber it vill besser isch, als die andere, no isch mer all no uf em richtige Weg zu dere Menschwerdung. Nadierlich isch mer scho ä klei weng besser wie de sell oder die sell. Aber äbe nu ä klei wengele. In hon au en winzige Fortschritt bi mir feschtgeschtellt. Früener hon i jede Flieg dotgschlage, wo i hon verwitsche känne. Etz wo i weng älter worre bi, verscheuch i die Fliege halt mit de Hand. Mit de Schnooke bin i it so barmherzig. Die bring i sofort um, wenn i en Schtich schpür, des heißt, wenn i se verdwisch. Aber wie gsagt, mit de Fliege gang i hüt scho ganz andersch um, wie früener. Sie sind jo schließlich au en Teil vu de Schöpfung, oder it!

Nu neilich hon i mol welle ä Mittagsschläfle mache, und denn isch so ä dicke, fette Flieg im Zimmer umenand gsurret. Wemmer grad am Eischlofe isch, no duet so ä Flieg jo so laut, wie wenn ä Motorrad im Zimmer umenandfahre dät. Und alls um min Kopf rum und alls iber mei Gsicht und denn wieder durchs Zimmer und vu dert a d Schiibe, aber so hinder de Blueme, daß i se it verdwische ka. Wa hon i scho die Blueme verfluecht, wenn se mir im Weg rumgange sind, aber im Sinne der Menschwerdung halt i do mei Gosch. Nu di Flieg, die hot mi total gnervt.

Denn isch der Punkt kumme, wo i uf die Schöpfungsordnung pfiffe hon. Wäge wa surret des Lueder au all durchs Zimmer, wenn i mol weng schlofe will. I bin a de Schrank und hon de Insekte-Spray use gholet. Viermol hon i gschprüht! All i de Richtung wo se gsurret isch, die Flieg. Uf omol isch se leise worre. Sie isch a de Zimmerdecke entlang krabblet, und z mol isch se obe abe keit, genau i die leer Obstschale uf em Tisch. Sie isch uf em Rucke glege, hot nomol wie närrisch gsurret, no war se schtill, no war se hii. I glaub, i hon wengele Triumph i de Auge ghet, wo se do so glege isch. I bin denn au wieder ane glege, aber komisch, schlofe hon i nime känne. Irgend ebbes hot mi blooget. Etz glaub i wieder, daß es doch winzige Fortschritt giit, wa mei Menschwerdung betrifft.

Ehesakrament

Mer liest und mer hört hüt all wieder mol, daß die Ehe »eine veraltete Einrichtung« sei, und de Mensch sei uf de Suche noch alternative Lösungen fir des partnerschaftliche Zämmeläbe. I woß it so recht, ob des guet isch, mit dene neue Lösunge, denn die Ehe isch jo zumindescht fir d Chrischte ä Sakrament. Und wa fir ons, sakrament sakrament, hot neilich ä Frau zu mir gset, nochdem ihren junge Alte s viert mol i onere Woche bsoffe hom kumme isch. Aber der Ausdruck »min Alte« oder »mei Alte« hot au ä wunderschäne Siite fir die selle, wo allmählich i d Jöhrle kumme sind. Zwei so alte Leutle, wo mitenand alt wäred, und wo ons fir s ander do isch, des isch it nu ebbes schä's, des ka direkt herzig sei. Zwar händled se efters mitenand, wer etz fir wen do isch, aber händle isch jo ä sogenannte Dialogform. Wemmer sowieso it woß, wa mer mitenand schwätze sott, no händlet mer halt mitenand. Zum händle findet mer au all en Grund, do brucht mer it lang sueche, und so ä Läbe zu zweit, des fangt innere Ehe erscht a, wenn Er pensioniert isch.
Vor dem Zeitpunkt grausets jo vill Fraue, wenn se dra denked, daß der Kerle etz denn de ganz Tag um se rum isch. Hüt isches aber oft so, daß d Frau au en Beruf hot, it nu Er, und wenn denn beide beruflich nint meh z tued hond, sondern nu uf sich agwiese sind, no ka's scho zum Brösele kumme, zwische dene zwei. S beschte Mittel, daß so ä Ehe funktioniert, isch all no des, daß mer sich wengele usem Weg goht. Je weniger mer ufenand dobe hockt, um so weniger goht mer sich auf d Nerve. Bis denn der Zeitpunkt kummt, wo on vu dene Ehepartner weng lotterig wird, do brucht s oe s ander erscht richtig. Oft isches so, daß de Maa weng älter isch als d Mamme und früener afangt mit breschthaft werre. No sott Sie halt weng meh Geduld ufbringe, wenn se welle ka.

Des ka schwierig sei, denn je älter und lotteriger die Kerle wered, um so grätiger wered se au, und des ka fir so ä Mamme denn scho ä Krüz sei. Wenn Sie aber ä Lueder isch, wo des lottrige Männle alleweil nu umenandkummidiert und anem ume mäkelet, weil sich de Babbe nimme wehre ka, no spürt de sell uf omol au deitlich, wa die Ehe fir ä »Sakrament« isch. Aber meischtens sind beide gliich aagschlage und helfed enand durch s Lebe, so guets halt no goht. So hon i neilich mol hindere me Vorhang känne zuelose, wie so ä Ehe i de Praxis funkzioniert.

Er isch behandlet wore, wäge sim Krüz und weil er numme guet zwäg war, isch halt d Mamme mit ihm i de Behandlungsraum. Do hot de Babbe möße fescht gimnaschtische Übunge mache. »Und jetzt gegen die Wirbelsäule drücken! Noch mehr drücken, noch mehr!« So hot die junge Dame kommandiert und d Mamme hot denn gset: »Hosch ghört Vadder, drucke sottesch! Gege s Krüz drucke sottesch, mehner drucke sottesch – wissed se Frollein, er hört schlecht – no meh drucke moscht!!« Feste durchatmen, sagt die Krankengymnastin, und d Mamme wiederholt treu und brav: »Fescht schnufe sollesch, Vadder, hosch etz it ghört, feschter schnufe sollesch, hot des Frollein gmont – wissed se Frollein, er hört schlecht – hei schnuf etz feschter Vadder!!« S isch no ä Wiile wiiter gange, denn war's dem Frollein z dumm, und sie hot zu de Mamme gseit: Ich schwätze laut genug, bis etz hond mich no alle verstanden, ich mach des scho mit ihrem Mann! Denn war die Mamme rüebig, was so vill heißt wie still oder schweigsam. Mir aber isch wieder mol klar worre, wie geborge mer sich als Maa inere Ehe fühle ka, wenns om mol numme so isch, wie's om früener mol war ...

Liebesmärchen

Obs eu au so goht wie mir, sell woß i it, aber i mon halt alleweil, mer kännt uf de Charakter vu me Mensch schließe, wemmer die Ufkläber liest, wo ebber a sim Auto hot. Me hot se jo meischtens hinde am Auto, damits selle lese känned, wo hinderher fahred. Do giits jo scho luschtige Schprüchle, und i glaub halt, daß mer a de Art vum Witz scho druf schließe ka, wer i dem Karre dinne hockt. S giit nämlich au Ufkläber, do känntsch grad kotze, wenn de die liesesch. Menkmol mach i mir en Schpaß draus und iberhol so ä Ufkläber-Auto, und denn hon i meischtens des Gfiihl, daß de Lenker vu dem Karre absolut zu dem saumäßige Ufkläber paßt. Es sind aber it nu Maane, wo ihrene Schlitte mit so primitive Schprüch verziered, s giit genau so vill Wiiber, wo ihren miese Gschmack de Effentlichkeit präsentiered, womit wieder mol bewiese wär, daß de schlechte Gschmack i Hose dohere kumme ka, oder im Rock, des isch grad gleich. De sell hot scho Recht ghet, wo des Schprüchle erfunde hot.»Ganz egal, ob Maa ob Frau, wüescht bliibt wüescht und Sau bliibt Sau!«
Manchmol kummed so Auto-Schprüchle a d Wohret ziemlich nooch ane. Wenn ebber uf sei Autole kläbt,»Fahr nie schneller, wie din Schutzengel fliege ka«, no isch des doch en intelligente Satz, oder it? Oder wenn uf some Kläberle schtoht:»Lach it, deiner roschtet mol genau so«. Luschtig wirds aber ersch richtig, wenn Fueßgänger näbe den Ufkläber en Zeddel mached, wo en Kommentar zu dem Kläberle druf schtoht. Do hot on hinde uf sim Karre schtoh ghet:»Nicht hupen, Fahrer träumt vom FC 04!« No hot en andere mit Filzstift dezue gschriebe:»De sell wird au it wach, wemmer hupe dät!«
Neilich aber bin i hinder me Auto heregfahre, des hot die

ganz hinder Schiibe mit große Buechschtabe verklebt ghet, und do isch drufgschtande:»Die Liebe isch des einzige Märchen, wo it mit ES WAR EINMAL afangt, sondern mit ES WAR EINMAL ufhört.« Z'erscht hon i lache möße, wo i des glese hon, aber denn hon i z'mol nimme glacht, wo i weng iber den Satz nochdenkt hon. Des passiert mir efters mol, daß i z'erscht iber ebbes lache moß, und wenn i denn weng nochdenk, no find i halt, daß des eigenlich iberhaupt it zum Lache isch. Nadierlich lebed mir innere Zeit, wo die Liebe oft arg kurzlebig isch. Mer derf halt under Liebe it alleweil nu des sogenannte»hormonelle Irresein« verschtoh, wie se i de Psychiatrie dodezue saged. S hot aber au kon Zopf, wemmer hüt iber des Thema Liebe philosophiere dät. Do däts jo nu heiße, vu wa schwätzt denn der eigentlich, der isch jo scho so alt, daß der gar numme woß, wa Liebe isch. Guet, s giit gnueg Liebene, die sind so kurz, wie d Schträucher innere Häckselmaschine. S giit aber immer no gnueg Wiiber und Maane, do»höret die Liebe nimmer auf«, wie de Paulus a selle Korinther gschriebe hot. S giit alleweil no Liebe, die hört it emol uf mit em Tod. Des schtoht zwar it uf dene Ufkläberle a de Auto, aber s isch immer wieder en Beweis, daß de Mensch meh isch, als wa mer manchmol mone kännt wa'ner sei.

LIEBESGEFLÜSCHTER

Gang mer eweg do, du Hutzele,
machsch mer doch nu ä Butzele

und do verzicht i druf,
los hör etz uf.

Hosch it ghört, loß es sei,
i hon doch scho zwei,

ä Mädle und en Bue
und kon Babbe dezue.

On war vu Köln, on vu Bade Bade
und i hon etz de Schade.

Die Kerle ka'sch grad vergesse,
kumm mer gond etz ge esse

und mit sottige Sache
ka'sch ä andermol weitermache.

En Liebhaber

Wa en Liebhaber isch, des sotted eigentlich alle wisse, do sotts ko Diskussion meh driber gäe. Fraue hond en sogenannte Liebhaber, und des isch meischtens en Maa, und zwar on, wo se lieb hot, oder wo so duet, als ob er se lieb hett. Des Wort isch scho länger weng us de Mode kumme, mer hörts all seltener. Kon Mensch sagt heit no zu me andere,»du, hosch scho ghört, d Frau Kügele hot en Liebhaber!« Wenn nämlich die Frau Kügele on hot, der wo sie lieb hot, und den wo sie au lieb hot, denn saged die andere Leut hektschtens,»du, d Frau Kügele hot on!« Oner hon, des bedeitet gwähnlich, on nebeher hon. Des isch weng kompliziert, aber so kompliziert isches au wieder it, mer moß nu Verschiedenes sauber usenandhalte. Gsetzt den Fall, die Frau Kügele isch verhürotet, no isch alles klar. Des isch denn de Frau Kügele ihren Maa, aber it ihren Liebhaber. Mer hot nämlich meischtens denn en Liebhaber, wenn om de Maa nimme lieb hot. Und sowas solls efters gäe. Etz ka's denn sei, daß ganz beschtimmte Leute, zu dene mer hier Leit oder au Lüt sagt, set oder seit, daß die denn saged,»hosch scho ghört, bi s Kügeles schtimmts au nimme!« Denn ka es sei, daß de andere set »ha, de'sch doch klar, d Frau Kügele hot doch on!« Vielleicht lautet die Botschaft au nu kurz und bündig,»d Kügele hot on!« Hierzuland schpart man sich nämlich bei Frauen, wo mer kennt, vor den Familienname des Wort»Frau« zu setzen. Es isch it die Frau Kügele, sondern d Kügele, d Meiere, d Müllere oder d Grieshabere. Schwierig isches nu bei Näme us dem Oschten, zum Beischpiel Czipovski. Ime some Fall heißt des denn »die sell Czipovski«, kaum ebber sagt»d Frau Czipovski«. Etz aber z'ruck zum Liebhaber vu de Kügele. Sie hot doch on, hot sich herumgesprochen, aber weil mir alleweil no innere patriarchalische Gsellschaft lebed, wo die Mannsbilder den Ton angebed, frogt nadierlich kon Mensch denoch, wägewarum di Kügele on hot, Sie hot halt on und dodemit baschta.

Wenn Er, de Kügele, wenn er one hett, des dät mer under de Deppich kehre, des isch ä Kavaliersdelikt. Wahrscheinlich hot de Kügele kone, sonder hot one ghet. Und vor dere hot er schomol one ghet und schomol und schomol. Etz hot er grad kone, aber er hot sicher bald wieder one. Do hot mer sich scho lang dra gwöhnt, do schwätzt mer nimme driber. Nu etz wo selle Kügele, also d Frau vu dem Kügele, etz wo die on hot, etz wird s Maul verrisse. Etz wird g'hechlet, etz wird hälinge gschnorret. Wemmer etz sage dät, daß d Frau Kügele en Liebhaber hot, no wär uf dere Sach ä ganz anders Licht. Wieso hot ä Frau en Liebhaber? Ka mer au so bled froge? Weil se de Kügele alles hot, aber it lieb. Weil er wüescht zunere isch.

Weil er en Sauhund war, en Sauhund isch und en Sauhund bliibe wird. Und en Sauhund ka mer halt nu ertrage, aber it lieb hon. Irgendwenn dappt mer denn a ebber na, und der isch ganz andersch, der isch richtig lieb. Des isch denn on zum lieb habe, und zu so om sagt, set oder seit mer, oder hot mer früener gsagt, er sei en Liebhaber.

Wenn der Kügele aber sei Frau lieb hot, wa jo au vorkummt, wenn sie aber ein sogenanntes Schinoos isch, ä Lueder und obedrei no ä Mensch, Lumpemensch oder am End sogar ä Saumensch, und wenn se sich denn obedrei no en Liebhaber zuelegt, no isch des kon Liebhaber. No hot se eifach nu en Kerle. Ä Mensch hot en Kerle und kon Liebhaber, und en Kerle hot mer meischtens nu fir niedere Bedirfnisse, während de Liebhaber sogar selle Bedirfnisse bis in de siebte Himmel lupfe ka. Neilich hot ä Frau gset, »s giit heut fascht nu no Kerle, aber alls nu kone Liebhaber meh!« I moß aber no dezue sage, s war it d Frau Kügele!

Sehn-Sucht

S giit so Augeblick, wo mer beinah us sich selber use keit. Des isch der Punkt, wo om s ganz Läbe sinnlos vorkummt. S langt jo scho, wemmer d Nachrichte liest, sieht oder hört. Denn moß nu de Wurm i de nächste Umgebung umenandbohre, und wo bohret'er it? Iberall nu no »Sucht.« Droge-, Trunk-, Spiel, Medikamente, Freß-, Sex- und Magersucht, wo mer naaguckt, und de Rescht isch streit- und händel-süchtig. Debei giits im Mensch eigentlich nu ei Grund-Sucht, und des isch die »Sehnsucht!« Er sehnt sich nämlich nocheme DU, damit er nimme einsam isch, wo mit ihm Freud und Leid teilt. De Mensch will, daß mer ihn anerkennt, er will Zärtlichkeit und Liebe.

Denn sehnt er sich au denoch, daß des Unrecht irgendwenn mol ufhört. Mir wänd alle Gerechtigkeit und wänd it, daß de Mörder iber sei Opfer triumphiert, wie de Max Horkheimer gschriebe hot. Nu isch's aber halt so uf dere Welt, daß uf dere sogenannte Gerechtigkeit all meh umenandtramplet wird. Wer Macht hot und die spitzigere Elleboge, der kummt weiter im Läbe. Drum brucht de Mensch sei Hoemet, sei Dohom. Do ka er Türe hinder sich zuemache und fühlt sich geborge, wenn dohom it au no de Deifel los isch. Und äbe grad drum isch i jedem Mensch so ä Sehnsucht noch ebbs Besserem.

Gleichzeitig erfahrt de Mensch aber au, daß äbe die Sehnsucht nie gschtillt were ka. Sie isch maßlos, grenzelos, sie isch unendlich.

Aber de wirsch it mit'ere fertig, sie isch all wieder do, mer ka se it ausrotte. Mer ka se zuedecke, mit allem Möglichem. Mit schaffe und Vergnüege und mit allene dene Sücht, wo im Grund gnumme nix anders wänd und solled, als den Hunger stille, den Hunger noch Freid und Glick, wo nie ufhört. De Mensch will nämlich nie ufhöre. Au die selle it, wo so mannhaft oder frauhaft bekenned, daß mit em Tod sowieso Feierobed isch. Vu dere Sorte renned die meischte im Lebe noch, wie wenn's etz glei im End zueging. Und ebe des mit dem End isch halt so ä Sach. S kummt fir jeden vu uns, aber näemerd will's, wemmer vu dene Schwerkranke, de gebrechliche Alte und de Schwermüetige mol absieht. Vu dene dät manchs gern sterbe und ka it.

Vu dene aber, wo ganz gern lebed, i dene rumorets ganz tief dunne, daß des it ufhöre sott. Dehinder stoht insgeheim die Hoffnung, die Sehnsucht, wo in uns ine glegt isch, daß äbe unsere Endlichkeit it s Letschte isch. Wemmer denn dohom sind, i unsere vier Wänd, wo mer des Gfiihl hond, daß die wüescht Welt do it eidringe ka, wemmer also wieder ä paar Stund die sogenannte Geborgenheit genießed, no treibts uns wieder naus, do haltets mir i dem Käfig nimme aus.

Mer sind gottsname halt eifach unriebige Gschöpf, aber vielleicht isch die Unrueh i uns so ebbes wie des Gfiihl, daß es eigentlich doch ä letschte, tiefschte Rueh gäe mueß. De Heinrich Böll hot gmont, daß die innerliche Unrueh, wo mir hond, des Gfihl, daß de Mensch im Grund niene dohom, »unbehaust« isch, daß des fir ihn en Gottesbeweis sei. Er hot gmont, daß mir eigentlich alle wisse däted, au wemmer's it zuegänd, daß mir uf dere Welt it dohom sind, daß mir oemeds andersch ane ghöred und vu oemeds andersch herkumme däted. Des sei en Traum und ä Sehnsucht, ä Empfinde, schreibt de Böll, des sei fir ihn ko bloßes Gfiihl. Er mont, des sei vielleicht ä uralte Erinnerung a ebbes, wa ußerhalb vu uns existiert.

Mer ka driber nochdenke, wie mer will, mer landet meischtens bim Augustinus, wo den grandiose Satz gschriebe hot: »Du hosch uns uf dich hi gmacht, und unser Herz hot ko Rueh, bis es mol Rueh hot in dir!«

Familien-Anzeigen

S isch no garit so lang her, do isch en gwähnliche Mensch zweimol i sim Läbe i de Zeitung gschtande. Omol, wenn er uf d Welt kumme und s zweitmol, wenn er gschtorbe isch. Wenn's zunere Geburts- oder Todesanzeig it glanget hot, no isch mer immerhin no i de Standesamtsnochrichte gschtande, und des war jo au it nint. Die bessere Lüt hond no ä Verlobungsanzeig ufgäe, und wenn denn die Gschicht usenandgange isch, hot alles glacht. Aber bi de meischte isch denn irgendwenn mol d Hochzeitsanzeig erschiene. Des isch hüt aber alls ganz andersch. Mer inseriert etz fange wäge jedem Hafekäs. Damit au alle Lüt merke sotted, wa mer druf hot, gratuliert mer etz i sim Butzele i de Zeitung scho zum erschte Geburtstag.

S isch it zum verwundere, wemmer liest:»Unser Sascha-Heideblitz hat heute seinen ersten Schultag. Es gratulieren herzlich seine Eltern!« Mer bedankt sich etz au nimme persönlich fir die Gschenkle zu de Erschtkommunion. Des macht mer iber d Zeitung. Die ganz Schlaue inseriered scho vorher:»Allen Freunden und Bekannten geben wir zur Kenntnis, daß unser Töchterchen Softiebabs am kommenden Sonntag den lieben Heiland empfängt. Spendenkonto Nr. 47812 bei der Splendid-Bank in Überlingen.« Mit eme sottige Inserat nimmt mer de ganze Verwandschaft die grausige Hirnerei ab, wa mer dem Kind etz am beschte schenke sott. S goht jo sowieso nimme lang, bis des Kind de Führerschein hot. Denn mond jo die Freunde sowieso wieder inseriere:»Leute zieht die Köpfe ein, Bluebaby hat den Führerschein!«

Hot de Sohnemann s Abitur gschafft, no kriegt er endlich sei Pörschele, und inzwische isch d Mamme Fufzge und späteschtens denn wird wieder inseriert:»Mei Hulda stammt aus

Fulda, und etz isch se, das ischt wahr, blederweis scho fünfzig Jahr, wovon ich sie scho dreißg Johr kenne, alles Liebe Schatz, Dein Männe!« So Geburtstagsanzeige sind Fundgruebe fir Amateurdichter. »De Emil isch etz dreißig Johr, und hot no lauter schwarze Hoor ... Sechzig wird der Uwe heute, und niemand weiß, daß er längst pleite ... Unsere Oma Selma Klaas, war immer schon ein Rabenaas, und zwar durch ihr ganzes Läben, doch mir hond ihr scho vergäben. In ein Paar Jöhrle wird sie sterben, es grüßen lieb sie, Ihre Erben!« Mer glaubt garit, wieviel Schnuckimäusle, Schmusekätzle, Streichelbutzele und Lausmichäffle sich all Tag i de Zeitung zum Einjährige gratuliered. Debei isch des scho ä Rekordzahl. Manche gratuliered sich scho vill früener. Des klingt aber au saumäßig guet, wenn mer liest: »Klaus, geliebter Mauseschwanz, i friß dich scho no, und zwar ganz. Etz kenn ich dich, du alte Knoche, immerhin scho fascht vier Woche. Kon von allen meinen Lieben, isch bis etz so lang geblieben!« Mer kummt aber au schwer is Siniere, je älter mer wird. Wenn alle deine Freund scho so um de Siebzger rum jucked, no iberlegt mer sich scho weng, wa mer denn fir ä Inserat ufgibt, wenns mol soweit isch. Denn soll halt die Mei mol schriibe: »Liebe Leutle, glaubeds mir, de Mei, der ka rein nix defir, doch etz isch der Verslemacher eifach au en alte Kracher. Hoffentlich sieht er's au ei, scho lang hot's nämlich gmerkt, die SEI!«

Menschestudie

Also guet, wenns heiß isch, no isch de Mensch aggressiv. Mer soll aber jo it glaube, daß er weniger aggressiv isch, wenns kalt isch. Er isch aggressiv, wenns renglet und er isch aggressiv, wenn d Sunne scheint. Er spinnt im Frühjohr und er spinnt im Herbst und im Winter und im Summer spinnt er sowieso. Wer des it glaubt, der soll mol druf obacht gäe, ob des stimmt oder it stimmt und wenn ebber it woß, wie und wo mer am beschte Studie iber de Mensch mache ka, der moß nu i ons vu dene große Kaufhäuser oder i irgend so en Supermarkt, oder ine Eikaufszentrum goh, dert ka mer de Mensch am allerbeschte studiere.

Mer derf die Studie it ame Mäntig mache, weil am Montag alle Mensche gliich grätig sind. Do spürt de Mensch nämlich deitlich, daß er »im Schweiß seines Angesichts« sei Brot verdiene moß, weil mir us em Paradies vertriebe sind. Und s Paradies isch de Sunntig, wo mer nint due moß, als driber jommere, daß morge wieder Mäntig isch. De Mittwoch isch en guete Tag, weil de Mensch do d Hälfte vu dem Brotverdiene im Schweiß seines Angesichts rum hot und er sich sage ka, daß bald wieder Sunntig isch.

Ibrigens des mit dem Angesichtsschweiß isch au weng so ä Sach. Wemmer manche Lüt zuelueget, wie und mit wa die ihre Brot verdiened, do kännted om Zweifel kumme, ob die Vertreibung us em Paradies alle gleich troffe hot. Grad i dene große Supermärkt, do stond menkmol Lüt umenand, die hond nint als Zunge im Mul und vu dem kummt mer kaum is schwitze. Des sind meistens sottige mit ere Leitungsfunkzion. S onzig wa die traged, isch Verantwortung. Die selle, wo die leere und die volle Schprudelkischte trage und umenandschloepfe mond, die schwitzed scho ehnder.

Aber des Intressante a dene Studie iber de Mensch isch des, daß die meischte Lüt, wo om begegnet, daß die alle gliich ussäned. Ob se eikaufed, oder ob se hinder de Theke stond, die meischte mached Gsichter, wie wenn se innere Stund verschosse wäre däted. En sogenannte fröhliche Mensch isch wie ä vierblättrigs Kleeblatt so selte. S git Verkaufspersonal, die taued aber urpletzlich uf, wemmer dene ebs freundlichs oder ebs lustigs set. Die sind nu deshalb grätig, weil ene de ganz Tag bisher nu aggressive, grätige und wüeschte Kunde begegnet sind. Do mosch jo depressiv werre, wenn de en ganze Tag lang nu so bruttlige Wiiber und maulige Maane um die rum hosch.

Do stohsch ame Kuecheschtand und hinder dir warted acht Lüt, wo au ebbes zum Kaffee kaufe wänd und denn frogt so en Trallare, ob die Aprikose süeßer seied als die Johannisbeertörtle, und wievill Alkohol i de Schwarzwälder Kirsch sei und ob die Havanna-Torte mit Zucker oder mit Süßstoff gmacht wird. Ob sie, die Verkäuferin, ihm de gedeckte Öpfelkueche empfehle dät, oder lieber seller offene mit de Glasur. Also bi somene Rialo moß mer doch uusflippe. De ka'sch aber au a Verkaufspersonal ane groote, do wär'sch ringer innen Kefig vu Raubtier ine. S isch eigentlich hänne wie dänne, s liit eifach am Mensch, daß er isch, wie'ner isch, und er isch halt gottsname eifach it des, wa'ner si sott, nämlich des Ebenbild vu sim Schöpfer. S giit nu Schapfene und meh oder weniger verbeulte Eimer, wo s Email abblätteret. Mer moß nu i de Spiegel Iuege. Mon do hett de Schöpfer ä Freid, wenn'er dei Gfriss säeh dät ...

Falsch erzoge

S hot Zeite gäe, do bin i mit de junge Generazion ganz guet z Recht kumme. I woß eigentlich garit, wie des kumme isch, ufs mol war des weng andersch. Wenn i aber ehrlich bi, no isch der Wandel it ufs mol kumme, sondern er hot sich ersch eigschtellt, wo i no älter worre bi, also fascht nomol ä Generazion driber. Früener isch mer zämmeghockt mit de Junge und hot dischkeriert und ufs mol isch des bi mir nimme so räet gange, weil i bald nu no Krach mit ene kriegt hon, mit de Junge. Bim Nochdenke hon i denn wieder möße mei Meinung korrigiere, weil's nämlich it»die« Junge sind oder wared, mit dene i mi numme verschtande hon, sondern nu ä ganz schpezielle Sorte und do driber hon i mir scho efter mol wieder Gedanke gmacht.

Wer Kinder hot und ehrlich isch, der mueß zuegäe, daß er sine Kinder falsch erzoge hot. S isch grad egal, wie mer se erzoge hot, uf alle Fäll war's falsch. Au sellene Eltere, wo ihre Kind garit erzoge hond, krieged hüt Vorwürf vu de Junge und ebe mit dene Junge, wo nint druf hond, als Vorwürf de Alte gegenüber, mit dene hon i's it eso, mit dene krieg i all wieder mol Händel. Wenn i so mei Läbe iberdenk und s Läbe vu minere Generazion, no mößted mir eigentlich totale seelische Krüppel sei. Mit dem, wa mer uns zuegmutet hot – und mer hot uns allerhand zuegmuetet – müßted mir jede Tag mindeschtens zwei Schtund zum Psychiater! A was wared und sind mir bis hüt it alles Schuld und wa hond mir it alls falsch gmacht und macheds no falsch.

De Underschied isch aber der, und des isch de Grund, wägewarum i all mit sellere Sorte Junge Krach krieg, daß die au vill falsch mached, aber sie sind it Schuld, sondern Schuld sind mir! Mir sind Schuld dra, daß sie uf de Welt sind,»weil sie nicht gefragt wurden!« Als ob mir gfrogt wore wäred! Wenn denn so ä Mamme vu hüt zum Psychiater goht, weil bi dem Töchterle de Wurm dinne isch, no isches z allererscht mol klar, daß die Mamme a allem Schuld isch. Wa mi so saumäßig verruckt macht isch vor allem des: Schuldgefühle sind bi de Junge verpönt, alles nu konne Schuldgefühle! I mecht nu mol on oder one finde, die sich Gedanke driber macht, daß mit dene ewige sogenannte»Schuld-Zuweisunge« die Alte au Schuldgefühle kriege kännted! Wa mir uf de Geischt goht, des isch die ewige Blärerei. Die kännen jo beinah nimme laufe vor luter Selbschtmitleid.

Und weil se nadierlich it ä Bröckele Religion im Bauch hond, giits für sie nirgends und mit nix ä Schuld. Schuld a ihrem vermeintliche Ungliick sind all nu die Andere, die Alte Herrschafte und s Umfeld. Daß sie au Umfeld fir die Andere sind, uf die Idee kummed die nie im Lebe. »Meine Eltern haben mir immer alle Schwierigkeiten aus dem Weg geräumt«, hot neilich binere Diskussion wieder mol on bläret, darum käme er mit dem Leben nicht zurecht!

Ja wa hett mer denn solle? Anstatt andauernd Puderzucker hinde inne blose mol de Schueh is Fiedle haue, wär doch au wieder falsch gsi. Wenn de hüt zu some Flasche-Kind ime weng laute Ton seisch, es soll doch endlich mol sei Sauerei i sim Zimmer ufrumme, no isch des doch scho seelische Grausamkeit, wo heftige Fruschtrazion noch sich zieht, die wo sich i totaler Leischtungsverweigerung äußert! I woßes scho, daß i en wüeschte Kerle bin, aber de Krage isch mer halt neilich wieder mol platzt, wo so ä verwöhnts Bürschle, wo mit nix und mit niemerd z Recht kummt, wo des gmont hot, »was kann ich dafür, daß mich mein Vater gezeugt hat?« Do hon i halt gmont: »Jo, der hett au ringer en Ster Holz gsäget!«

SCHULISCHER FORTSCHRITT

Mir hond unsere Lehrer sogar saumäßig gern,
die passed i d Welt nei, die sind so modern.

Ä Kettle am Hals und ä Kettle am Arm,
bi so om, do wird' s dr ums Herz richtig warm.

Und fortschrittlich sind se, des isch bigoscht wohr,
de ei tragt ä Schpängle mit Blüemle im Hoor.

En andere hot, mon des isch ä Ding,
im linke Öhrle zwei Ohrering.

On hot vier Ringle a de Finger us Glas
und ä Loch fir ä Schternle, rechts a de Nas.

S Margretle mont, Kurtle guck emol na,
wa hot er au heit fir Hose wieder a?

Der hot doch do hinde en richtige Bolle,
dätsch du mir mol sage, wäge wa isch der gschwolle?

Do set de sell Kurtle, saublede Frage,
der tragt heit halt Pämpers, der hot seine Tage!

Wenn alle täten ...

S isch jo scho komisch, je älter mer wird, umso meh kommt mer dehinder, daß vill it schtimmt, wa mer mol glaubt hot, wo mer no jünger gsi isch. Des ka om menkmol luschtig vorkumme, s ka om aber au selle nochdenklich mache. Entweder hängt des mit de Altersweisheit zämme, wemmer nu wüßt, wenn die Altersweisheit kummt. Es soll jo Leit gäe, bei dene kummt se scho ganz früeh, aber s giit au vill, vill Lüt, do kummt se nie, bi dene kummt ehner s Gegeteil. Mer hot sowieso s Gfiihl, mer dät all bleder were. Denn giits no ä Sorte, bi dene isch des gar nimme meglich, weil se scho uf em hekschte Punkt aakumme sind. Des hot aber etz nix meh dodemit z'tue, daß mer mit em älter werre vill nimme glaubt, wa mer glaubt hot, wo mer no jünger gsi isch.

Wenn i do mol ä Beischpiel bringe derf, wo i des deitlich gmerkt hon. Als junger Mensch hon i sogenannte Schpruch-Poschtkarte gsammlet. Des wared Karte, uf dene wared innere schäne Schrift gscheide und meischtens fromme und erbauliche Schprüch druf druckt. Die hot mer denn inne Wexelrähmle tue und hot se uf de Schreibtisch gschtellt, oder a d Wand ghängt, denn hot mer sich dra erbaut, hot sich dra ufgrichtet, so oft mer se gsäeh und glese hot. Lang, lang isch bi mir der Schpruch uf em Schreibtisch gschtande: »Jedes Erleiden ist zugleich ein Erlösen aus eigener und fremder Schuld.« I woß wirklich und wahrhaftig nimme ganz genau, wenn i den Schpruch usgwexlet hon, aber scho seit längere Zeit hon i anschtatt sellem Schpruch en ganz andere uf mim Tisch, wo i all Tag devor hock und schrieb.

Der Schpruch heißt: »Wenn alle täten, was sie mich können, nie käme ich zum Sitzen!« Der Schpruch isch vill zu genial, als daß der vu mir sei kännt. Er schtammt vum Gründer vu de Tübinger Götz v. Berlichingen Academie, wo mer mich vor

Jahren als Mitglied ufgnumme hot. Etz moß mer aber bi dem Schpruch scho weng Erklärunge dezue abgäe. Also als Schtoßgebet sott mer ihn it verwende, weil er in puncto Näkschtenliebe weng inne eigeartige Richtung tendiert. Er eignet sich ehnder als Schtoßseufzer, aber grad do hot er ä saumäßig guete Wirkung, weil er den sogenannte Aggressions-Schtau, uf deitsch gset, ä Wuet im Ranze, abführt wie wemmer ä Öpfelküechle im Rhizinus-Öl gmacht hett.

Er isch in manche Situazione ä echtes Wort der Befreiung, und wer vu uns brucht des it alle Tag mol, wemmer i sonere pluralischtische Gsellschaft lebe moß wie unsereins etz grad. S isch doch heit so, daß jeder nu s Bescht vu uns will. Nei, it »für« uns, sondern »von« uns. Und s Bescht vu uns solled mir gäe, damit selle obedra, also die Beschte oder die Bessere, damit die no schneller zu de no Bessere kummed.

Guet, i gib jo gern zue, daß des weng ä simple Uffassung isch, vum heitige gsellschaftliche und wirtschaftliche Läbe. Aber sie mached mit om doch de Simpel, wo mer na guckt, und wemmer all nu no versimplet wird, no wird mer doch au bigoscht mit sine Aasichte weng simplifiziere derfe, oder it? S heißt jo sowieso oft genueg, mer sei en alte Simpel.

Und ebe grad sellene ufschteigende Njukammer, wo alle Leit iber fufzge fir alte Simpel halted, sellene gilt der Schpruch uf mim Schriebtisch: »Wenn alle selle täten, was sie mich können, nie käme ich zum Sitzen!«.

QUERULANT ODER INDIFIDUALISCHT

Ob se neue Schtroße mached, oder konne,
ob se zweie planed, oder onne,
na des bereitet mir ko Qual,
i denk jo sowieso, des isch doch mir egal!

Ob se im Jugendhaus etz Bier usschenked,
ob se usse a de Kino nackte Wiiber henked,
ob d Leit is Freibad gond, wie hoch die Zahl,
ihr känneds glaube, de'sch doch mir egal!

Ob d Leit de Schpiegel lesed, oder Südkurier,
mich juckt des it, des isch doch it mei Bier
und ob se fordered, mer brücht en große Saal,
des goht doch mi nint a, des isch doch mir egal!

Mir isch doch gliich, wieviel Hotel mir hond,
und wieviel Arbeitslose a de Ecke schtond,
des macht vor Ärger mi im Gsicht it fahl,
i sags wie's isch, mir isch des doch egal!

Ob die Schwarze heit regiered, ob die Rote,
des isch mir wurscht, s sind alls die gliiche Idiote.
I pfeif au uf die Grüene und uf liberal,
und wenn de Deifel alle holt, des isch mir doch egal!

Ob se en schtarke Maa wänd, de'sch mir gleich,
vu mir aus fimftes oder sechstes Reich,
i gang au ums verrecke nie meh zu de Wahl,
i ändere doch nix dra, des isch doch mir egal!

I bruch ko Freizeitzentrum und kon Trimm-dich-Pfad,
fir d städtisch Bibliothek isch jeder Pfennig z schad.
I bruch ko Jugendmusikschul, no heißts i sei banal,
no bin i's halt gottsname, de'sch doch mir egal!

I pfiif au uf meh Plätz a uns're Schuele,
vu mir us soll die UNI doch im Freie schtuehle,
weil i jo sowieso no nie ä Schuelgeld zahl,
s wird doch kon gschieder, de'sch mir au egal!

I bruch ko Stadion, kon Sportverein, kon Sport,
de'sch alles Bledsinn, glaubeds mir ufs Wort
und wenn i konne Muskle hon, so hart wie Stahl,
no sind se halt wie Pudding, mir isch des egal!

Vu mir us brücht mer d Stroße it mol teere,
mer brücht it spritze mit em Wage und it kehre,
vu mir us käm die Müllabfuhr nu omol im Quartal,
de Dreck kännt liege bleibe, des wär mir egal!

I bruch ko Sozialstation und au ko Krankehaus,
i kumm au ohne des mol uf de Friedhof naus.
Mer holt mi, vor i schtink, des wär für eu fatal,
I stink mir wohl, des wär mir au egal!

Vu mir us brucht mer mich it mol verbrenne,
mached Kitekat us mir, oder ebs fir d Henne,
dann diene ich der Kreatur zum letzten Mahl,
und mir wär's gliich, s wär mir grad wurschtegal!

I bruch jo it mol zum Rasiere Klinge,
i bruch kon Gsangverein, i ka eloenig singe.
und set etz ebber, so ä Läbe sei doch schaal,
wa andere denked, de'sch mir grad egal!

I brauch ko Volkshochschuel und ko Theater,
ko Kirch, kon Pfarrer, it emol en Pater.
I witsch au so in Himmel, wie en glatte Aal,
und wenn i it nei kumm, wär's scheißegal!

Atmosfärische Schtörunge . . .

S isch jo scho komisch. De Urlaub dohom isch au nimme
des, wa'ner früener war. I g'hör zwar it zu sellene Leut, wo
moned, daß früener alls besser gsi isch wie heut, aber s isch
scho weng ebbes dra, daß heit alles weng andersch isch als
früener. S ka jo sei, daß des am End ame Ozonloch liit, daß
zum Beischpiel unser Klima numme des isch, wa'nes früener
mol gsi isch. Uf alle Fäll hommer etz meh atmosfärische
Schtörunge, als wo mer früher ghet hond. Nei nei, i reg mich
it iber s Wetter uf, mich mached nu selle atmosfärische
Schtörunge efange verruckt, weil die om ebe zum Bei-
schpiel de Urlaub dohom ganz schä versaue känned. Und
wa so ä atmosfärische Schtörung isch, des ka mer am beschte-
te amene Beischpiel erkläre. Also do hocked mir am Morge
so ganz gmüetlich und vor allem friedlich i de Kuche bim
z'Morge-Esse. Bi uns wird nämlich it gefrühstückt, mir essed
z'Morge. Jedes vu uns zwei beide hot en Teil vu de Zeitung i
de Hand und wenn sie oder i ebbes finded, was uns ganz
wichtig vorkummt, no set s ei oder s ander, »etz los emol, wa
do wieder schtoht«, denn liest jeder im andere vor, wa er
grad fir so wichtig haltet.
Ame Mittwoch morge simmer wieder so i de Kuche ghockt,
bi unserem z'Morge, de Himmel war trüeb und grau und
grenglet hots au a om Schtuck, und mer hot des Ozonloch

garit säne känne, aber gschpiirt hot mer anscheinend des Scheiß-Ding, denn uf omol war wieder so ä atmosfärische Schtörung bi uns i de Kuche. I hon nämlich zu de Meinige gset,»du los emol, wa do bi de Inserate schtoht!«»Jetzt ist die Zeit günstig für einen Blick in die Zukunft. Gabriella, die berühmte Hellseherin gastiert zur Zeit im Hotel ›Barbarossa‹ in Konstanz. Telefonische Anmeldung erforderlich, wegen des großen Andranges.«»Sag emol, etz wo's heit so wüescht Wetter isch und mer it ge bade goh ka, kännted mir zwei etz it heit Mittag uf Konschtanz is Barbarossa zu dere Gabriella fahre und en Blick i unsere Zukunft riskiere?« Etz wa isch do debei, wemmer so en harmlose Vorschlag macht. S ka doch nu vu Vorteil sei, wemmer wengele Bscheid woß, wa i de Zukunft uf om zue kummt oder it. Aber ebe wahrscheinlich wäge sonere atmosfärische Schtörung, hot die Mei ufs mol wie us heiterem Himmel total komisch uf min Vorschlag reagiert.»I glaub, du schpinnsch heit Morge scho«, hot se zu mer gset.»Ha des dät etz grad no fehle, daß mir uf Konschtanz fahred und s Geld zu dere Gabriella traged. So en Bledsinn! S kummt sowieso alls, wie's kummt, do bruch i kon Blick in die Zukunft und im übrige, mir langet dei Vergangeheit!«
Offe gschtande, i war wie vor de Kopf gschlage. Guet guet, i ka jo verschtoh, daß se die Zukunft it intressiert, aber den letschte Satz hett se sich bigoscht schpare känne.»Wa witt etz du dodemit wieder sage«, hon i se gfrogt, und denn hot's gheiße,»du wosch scho wan'i mon!« S isch no ä ganze Weile hi und her gange, und die sogenannte Atmosfäre war de ganz Tag gschtört. Alls nu wäge dem Scheiß Ozonloch, wäge dem verreckte. Sie solled doch endlich mol ufhöre, mit dere blede Schpritzerei under d'Ärm und uf de Hoor und suscht no wo ane. Wäsche solled se sich endlich wieder, no schtinked se au nimme. Und des Schprüehzeigs ghört abgschafft, vor des Ozonloch all no größer wird, daß mer bim

z'Morge-Esse kon Vorschlag meh mache ka, ohne daß es Krach giit. Aber fir de Rescht vu dem Tag war se halt etz in Gottsname gschtört, d Atmosfäre!

In sich goh …

Mer kännt fascht glaube, daß d Feriezeit fir des Johr eigentlich so guet wie rum wär. Denn kännt mer jo au mol weng iber des Thema Ferie nochdenke und do isch mir ä Ufsätzle i d Händ kumme, wo oner die Meinung vertritt, daß es sicher vill Lüt giit, dene wo's i de Ferie au saumäßig langweilig sei ka. Der hot driber nochdenkt, wie's au Leut z Muet isch, wo ufere maledivische Sandbank umenand lieged, scho vier oder fimfmol im lauwarme Wasser wared, etz grad ihre Lieblingszeitung it hond und dra denked, daß se etz no zeh bis zwelfmol i des lauwarme Wasser gond, bis es gar Obed wird und s»ewige Eis« im Cocktailglas klinglet.

Dem, wo do driber nochdenkt hot, isch bi dere Glegeheit de Sokrates eigfalle. Den hot um 410 v. Chr. de sell Phaidros vu sinere Xanthippe furtlocke welle, use us Athen, under ä Platane, wo de ganz Tag Schatte schpendet, glei nebe sonere Quelle, bi dere mer»die Füße im kühlenden Wasser erlaben kann«, es sei ä Plätzle, wie vunere Fee gschaffe! Do hot de Sokrates gmont, die onzige Reis, wo ihn no intressiere dät, sei die Reise»ins Innere der menschlichen Seele!«

Also wo i des glese hon, do hon i so fir mich denkt, do moß oner aber denn scho ä gewaltigs Innelebe hon, wenn en nix meh intressiert, als ä Reis is Innere vu sinere Seel. Etz denked wieder mine Leser, ich dät mir sicher iberlege, wie weit die meischte Leut kämed, wenn se ä Reis is Innere vu ihre Seel mache däted, und wemmer denn so ä Weile iber sei

Umgebung nochdenkt, wa bi sottige Seele-Wanderunge use
käm, do kännt mer sich eigentlich nu no ztod lache, wem-
mer it so am Läbe hänge dät. Aber des isch ganz sicher it so,
wie d Lüt etz denked. Wemmer nämlich mont, nu die ande-
re hetted ko reichs Inneläbe, no isches scho lätz um om
bschtellt.
Zerscht sott mer nämlich mol bi sich selber inneluege und
sich iberlege, ob sich so ä Reis, oder au nu ä Wanderung i
die eigne Seele-Landschaft rentiert. Do moß i glei wieder a
die alt Gschicht denke, wo de Dokter zume wahrscheinlich
psychosomatisch kranke Mensch gset hot,»gehn sie doch
mal in sich!« No hot der Patient zu dem Doktor gset,»do war
i doch scho, do isch au nix los!« Der isch wenigschtens ehr-
lich gsi, der Patient, aber wie vill vu uns moned wunder wa i
ihne los isch und wenn se denn nu mol ä halbe Schtund mit
sich selber elei sind und wengle i sich inne lose sotted, no
renned se schnell a de Fernsäher und drucked uf des Knöpf-
le wo»ON« schtoht. Des hot was fir sich. No isch wenig-
schtens»on« do, wo dich underhaltet, damits dir mit dir sel-
ber it langweilig wird.
I hon en liebe Freund, wenn se den amel froged, wa machsch
heit Obed, no sagt der oft:»Hüt z Obed befind ich mich in
guter Gesellschaft. I bin eiglade bi mir und mach en
Obed mit mir selber!« I gib mir alle Müeh, daß i
mol so were ka wie der. Etz fallt mer ibrigens grad
ei, daß der no nie Ferie gmacht hot. Der isch all
bei sich selber und des langt dem. So sott mer sei
känne ...

Schenkele und Enkele

Wemmer innere sogenannte Gsellschaft isch, wemmer also oemeds eiglade isch, oder zunere Party goht, no schwätzt mer halt, wa die andere Leut au schwätzed. Mer ka au s Mul halte und nint schwätze, aber so Leut hot mer it gern. Mer schwätzt halt mit und no schwätzts rum und num, hii und her und eigentlich isches meischtens grad egal, iber wa mer schwätzt, Hauptsach isch, daß es schwätzt. Do dezue saged se heut uf Neu-Alemannisch »Small-talk«. Des isch englisch und heißt ugfähr so vill wie Unbedeutendes reden.

Also nix Hochgeischtiges, iberhaupt nix Geischtiges, mit om Wort, s schwätzt. Menkmol isch mer sogar froh, wenn's nu schwätzt, manchmol kotzt's om aber au a, no frißt mer Salzschtengele und gsalzene Erdnüßle und denn wart i halt, bis die Mei mont, »gell Vadder de bisch müed, etz gommer hom«. Debei isch Sie müed und will hom, aber zerscht schiebt se's mol uf mich. Wemmer denn im Auto hocked und homfahred, no mule'mer weng iber des Gschwätz und sind froh, daß mer do driber mule känned, weil uns au nix Hochgeischtigs eifallt. Denn giits aber Situatione, do entwicklet sich ganz pletzlich ä echtes Gschpräch, mit eme richtig intelligente Thema. Do simmer neilich oeme ane groote, wo se sich iber sprachliche Feinheite underhalte hond. Sie hond grad den Begriff »abgeklärt« verhandlet, wie sich der gewandlet hette.

Abklären sei früener so ebbes wie ein geischtiger Reifeprozeß gewäsen und heut däte man den nur noch verwenden, wenn es drum gangen dät, einen beschtimmten Vorgang zu iberpriefen. Sie hond denn no Beispiele brocht us em Gschäftsläbe und i woß etz no it, wieso ufs mol ebber uf die Idee komme isch und mich gfrogt hot, ob ich auch Beispiele hette, zu dem Begriff »abgeklärt«. Des mueß dem de Deifel eigäbe hon, daß der ausgrechnet mich frogt. Fascht de ganze Obed hon i mei Gosch ghalte und hon Salzmandle kaut. Bis der kumme isch und gmont hot, i als alemannische Mundart-Schriftsteller hette do dezue sicher au ebbes zum sagen.

Nadierlich hett i ebbes dodezue sage känne, aber s isch mer im Augeblick nix eigfalle, des heißt, s isch mer scho was eigfalle, aber nix Gscheids. S isch mer ä Versle eigfalle, wo i mol imme ältere Herr inne Buech als Widmung nei gschriebe hon:»Wenn d numme gucksch noch Schenkele, wenn all nu schwätzsch vu de Enkele, no isch, i sag s ganz offe, s meischte bi dir gloffe, aber bläre hot kon Wert, etz bisch halt abgeklärt!« I ka druf schwöre, i hon a nix Schlimms denkt, mir sind nu ä Paar Näme eigfalle, wo om all nu no Bildle vu de Enkele zeiged und des wared alle früener mol ganz flotte Hirsch, wobei des ganz nobel ausgedrückt isch.

Etz hon i denkt, wunder wa ich mit dem Beitrag fir eine Anerkennung finde dät, aber Schiißebach isch au ä Schtadt! Die Damen waren sehr indigniert, sie hond wenigschtens so guckt, wie wenn se indigniert wäred. Indigniert heißt unwillig oder entrüstet und etz däts mi nu intressiere, wäge wa mer do entrüstet sei mueß, wenn ich ä Versle zitier, wo inhaltlich total richtig isch? Guet, des Gedichtle war weder vum Rilke no vum Brecht. S war i dem Fall vu mir, aber i find's it mol so schlecht. I hett no ä anders uf Lager ghet:»Wenn se denn die alte Böck, sich mond hebe a de Schtöck, numme schieled noch de Röck, des isch, wenn nix meh gärt, senil, it abgeklärt!« Do hetted se denn ehner Grund ghet, zum indigniert sei, oder it!

KRUZIFIX

Wenn i Dii so sieh, Du
wie Du a dem Kreiz hangesch
mit dim gschundene Leib
und dinere bloogete Seel
mit dine hälinge brieketeTräne
und dene Salzbächle im Gsicht
vu Mensche und Gott im Schtich gloo
no frog i mi
Mond Mensche so sei
derfed se enand so blooge
so kaputt und so hii mache?
Moß de Mensch am Mensch
all wiiter so leide?

Nimm Du uns doch de Hammer
und die Nägel us de Händ
daß mir wenigschtens it allweil
de andere nu weh dond
weil se it so sind
wie mir se gern hetted

Nimm uns doch die Nägel weg
s langet doch ibrig
daß Du iber unsere Köpf
a dem Kreiz hangesch

A Dir säned mir doch guet gnueg
wa mir enand aadond
wie mir zunenand sind

Sein oder Nichtsein

»Sein oder Nichtsein, des isch hier die Frage,« sagt de Hamlet, mer kännt au uf alemannisch froge, ja bisch etz, oder bisch it. Guet, mer isch im Dasein, aber die Filosofe underscheided do scho wieder zwische me reale und eme ideale Sein und des isch ebbes, wa unsereins nu ganz schwer begreift. Mer mecht aber doch au weng mitschwätze känne, wenn sich ä paar gscheide Leit underhalted, aber meischtens hörts bei unsereins grad scho bi dere Seinsfrage uf. Des mit dem reale Sein hon i no begriffe, weil des des Sein isch, wa wirklich existiert.

Wa um mi rum alles los isch, des isch Realität und i bin au it nu eine Rari- sondern ä Realität. Bim ideale Sein wirds scho weng schwieriger, weil mer des ideale Sein it hebe ka, s isch näene en Henkel dra, und wo kon Henkel dra isch, des isch it ideal. Aber ebe grad des henkellose Sein, isch des ideale Sein und do soll no on Mensch mitkumme. Aber mer ka's sich so merke: daß beischpielsweise die sogenannten Werte, oder die Ideen und die logische Begriff, also alles des, wa mer it hebe ka, wa aber trotzdem existiert, daß des des ideale Sein isch.

Etz wäred wieder ä paar ganz Schlaue sage, wa mer it hebe ka, des giits it, des isch au it. En Dreck en alte! Mer ka de Herrgott au it hebe, aber er isch trotzdem. Soll mer jo kon kumme und sage, jo wo ischer denn? Dem dät i sage, der isch doch des absolute Sein, oder des Sein an sich. Wer des it kapiert, verschtoht au nix vum Herrgott.

Des hon i mol zu om gset, no hot der gmont, deswäge isch der doch bi mir, au wenn i nix vu dem absolute Sein kapier. No hon i zu dem gseit: do sieh'sches etz wieder ganz deitlich, daß es ebbes giit, wo mer it hebe ka und s existiert trotzdem, und zu so ebbes saged se i de Filosofie, es hett das ideale oder ideelle Sein. Des kännt mer au vu de Liebe sage, weil die au en ideelle Begriff isch, weil mer Liebe au it greife ka. Etz hot aber onner gmont, ich sei ä Rindvieh, i hett vu nix ä Ahnung, denn er kännt sei Liebe scho greife und wie! Er hett se au scho hebe möße, weil se hot furtrenne welle, wo er nochere griffe hot. Und ebbes, wa mer hebe ka und au no greife ka, des sei ko Gschpenst, sondern ebbes, wa wirklich ischt.

Etz mach mol some Mensch klar, daß die Essenz, so saged se zum Wesen vu ebbes, daß die Essenz vu de Liebe nix zum hebe und greife isch. Do haltsch denn besser dei Gosch und sagsch nix meh. Hauptsach isch doch, daß i ebbes vu dem Sein verschtand und wer bled sei will, soll in gottsname bled bleibe. Do wo i denn bi dem Heidegger glese hon, daß bei ihm des Sein aus dem Nichten des Nichts entschpringt, indem des Nichts des Seiende versinke loßt, und ebe grad dodurch des Sein enthüllt, also wo i des glese ghet hon, do hon i nochere Weil s Kopfweh kriegt, weil i iber des Nichten des Nichts ums verrecke it nauskumme bin. Wenn er wenigschtens anstatt Nichten, »vernichtet« gschriebe hett, no wär unsereins ehnder uf de Trichter kumme.

Under dem Vernichten des Nichts, kännt mer sich zum Beischpiel ä Verwaltungsreform oder die Umorganisation vunere Firma vorschtelle. Do wird meischtens ebbes vernichtet wäge nichts und wieder nichts und usekumme duet nomol nichts. Insofern isch der Heidegger scho aktuell, aber wägewarum etz des Sein aus dem Nichten des Nichts entschpringt, des woß i halt alleweil no it. Mer moß aber au it alleweil alls wisse welle.

Esther Vilar

Aber desmol hot s richtig glepft. Heidenei, hond mir en Krach kriegt mitenand, die Mei und i. Zu Tätlichkeite isches glaub nu deswäge it kumme, weil beide nint räets gfunde hond, wo mer hetted enand a de Kopf werfe känne. Sind zwar gnueg Sächele um uns rum gschtande, aber mer hond beide gfunde, die wäred z schad, zum enand aawerfe, no homer's bliibe loh und hond den Streit mit em Mul uustrage. Des hot's au tue und wie sogar.

De Grund zum Händel war wieder mol unsere Heimatzeitung, weil do ä Artikele dinne gschtande isch, wo i minere Frau am Morge bim Kaffeetrinke vorglese hon. Aber eigentlich war unsere Zeitung unschuldig, weil se nu abdruckt hot, wa se vom Kulturamt glieferet kriegt hot.

Also unser Kulturamt hot selle Esther Vilar zunere Lesung us ihrem neueschte Buech i d Stadtbücherei angaschiert und des neue Buech heißt »Heiraten ist unmoralisch«. I dem neie Beschtseller entlarvt die streitbare Schriftstellerin, wo bekannt wore isch durch ihre Erstlingswerk »Der dressierte Mann«, die Ehe als nix wie ä Gschäft. De Grund, wägewarum d Männer hüroted, sei nix als Sexgier und bei de Fraue sei's nint als Habgier. Im Verlauf vu sonere Ehe dät denn de Ma merke, daß er en »übertölpelter Kunde« sei, also bschisse wore, weil sei Frau uf dem Gebiet nix bringt. Die Frau aber »erniedrigt sich nach wie vor zum Verkauf fleischlicher Ware, obwohl die Frauen längst zum Denken und Handeln befähigt sind«.

Bis a die Stell bin i kumme bim vorlese. Do hon i denn ä persönliche Bemerkung welle dezwische schiebe, aber i bin it weit kumme. I hon nu welle sage, ja glaubsch etz du, daß d Fraue scho lang zum Denke und au no zum Handle befähigt sind? S isch denn no i dere Notiz gschtande, des Buech sei ä leideschaftliches Plädojeh, dät Anstoß zu Diskussion gäe und es sei zudem no ä unterhaltsame Lektüre. Aber soweit bin i garit kumme. I hon iberhaupt it gset, daß i zu dem Leseobed anegang und dere Esther Vilar zuelos. I hon au it gset, daß i mir des Buech kauf, obwohls mi scho saumäßig intressiere dät, wa do no alls dinne schtoht. I bin nu no halbe zu dere Frog kumme, ob sie glaubt, daß d Fraue scho lang zum Denke befähigt seied, no war de Deifel los.

Des sei nadierlich wieder ä Thema fir mii, hot se gmont, die Mei. No hon i gset, nadierlich sei des ä Thema fir mii, i sei jo schließlich au verhürotet, aber des mit dere Sexgier dät bi mir it so stimme. Daß d Wiiber habgierig seied und d Maane übertölple wetted und au däted, wenn se kännted, des sei jo scho lang bekannt. Aber do isch mei Mäusle verruckt wore. Sie isch ufs mol dopplet so groß gsi wie normal und ihre Äugle hond blitzt und s Mul hot dunneret, wie wenn ä saumäßigs Gwitter iber s ganz Gsicht ging.

Ich sei ein Rindvieh hot se gmont, die Mei, und des dät unserm Kulturamt wieder mol gliich säeh, daß se selle Vilar hole däted. Und daß unser Blättle des au no so groß usebringt, mit eme riesige Foto nadiierlich, des dät alls zämme passe. D Anne Sophie Mutter däted se it herebringe, die Simpel, hot se gmont, die Mei, aber de letschte Scheiß däted se finde, zum d Wiiber und d Maane no meh hinderenand bringe, als wenns it scho lange dät, daß efange alls wäge jedem Hennedreck usenandlauft. Des sei nadierlich au Kultur und und und.»Du denksch vill z vill«, hon i denn no gset, no hot se brüelet:»Grad hosch doch zweiflet, daß mir Wiiber denke känned und etz denk i dir ufs mol z vill!«

I hon denn mei Gosch ghalte und hon min Kaffee gar trunke. Wo i denn am Laub rechele war, hon i so driber nochdenkt, wa se gset hot, die Mei, und i moß ehrlich sage, i hon gfunde, so schief liegt se eigentlich garit.

D KONSCHTANZER UNI

Sie hond sich gfrogt, wo fange 'mer a,
wo schtellt mer etz die UNI na?

Hei etz, iberleged schnell,
dommer se ge Radolfzell?

On hot gmont, er het so s Gfiihl,
Platz wär gnueg am Hohentwiel!

No set en andere, »des woß jeder,
noch Konschtanz moß se, die sind bleder,

am See, dert hots die meischte Wilde,
die sott mer endlich mol weng bilde!«

So isch se denn ge Konschtanz kumme,
nu hot mer die vum See kaum gnumme.

D Schtudente, Mädle und au Knaben,
die kummed meischt vu oben aben,

des heißt, es kummen ganze Horden
von Wilden aus dem hohen Norden.

Dem Preiß wird d Bledheit ausgetrieben,
nu unsereins isch bled geblieben.

Mir bliebed halt uf allen Wegen
den Hergeloffnen underlegen

mer brucht do garit ibertreibe,
s sieht grad so us, als däts so bleibe.

Unternehmensfilosofie

De beschte Verkäufer isch it der, wo uf deine Wünsch eigoht, sonder de sell, wo dir ebbes verkauft, wa du garit welle hosch. Etz wered wieder ä paar sage, i hett se nimme alle, aber des macht nix. Dene dät i sage, i hon se no nie alle ghet, und des mit dem Verkäufer schtimmt halt doch.

Wemmer sich heit mit jüngere Unternehmer underhaltet, no fihred die om manchmol is sogenannte Schefzimmer, und do isch hinder me riesige Schreibtisch en Ledersessel, wo mer drehe, wende und noch allene Siite kippe ka, und uf dem Tisch isch en PC, also en Personal-Computer. Uf eme klänere Tischle, wo Rolle a de Füeßle hot, damit mer des Tischle umenandschiebe ka, do schtoht ä Fax-Gerät, und gegeniber vu dem PC schtoht ä Telefon-Anlage. Des isch en Hörer uf eme Kunststoff-Brett mit eme Hufe Knöpf, und je-desmol wemmer uf on vu dene Knöpfle druckt, no passiert ebbes, no kummt ebber is Büro, oder s nimmt on oemed andersch de Hörer ab, weils bi sellem klinglet oder gsurret hot.

Wemmer sonere Firma telefoniert, no meldet sich eine weibliche Schtimme, und denn set mer dere, mer mechte gern de Schef schpreche. Sie frogt denn: »Wen darf ich melden?« Denn set se: »Moment bitte, ich verbinde«, wenn se it wie meischtens lüegt und behauptet, er sei momentan nicht da oder in einer Beschprechung.

Beschprechung isch alles, do ka mer sich vorschtelle, wa mer grad will, aber etz isch der Schef no lang it a mim Tele-fon, sondern etz kummt zerscht mol Musik. S isch künschtli-che Musik vu me Computer gmacht, aber mer hört deitlich, daß es die kleine Nachtmusik vum Mozart sei sott.

Gsetzt de Fall, der Schef dät mi etz i sim Schefbüro empfan-ge, no käm mer mit dem logischerweis is Gschpräch, und

denn erkläred om heit die meischte Schef ihre »Unterneh-
mungsphilosophie«. Also i hon scho vill Schef ghet, aber kon
hot au nu ä leise Ahnung devu ghet, wa Philosophie isch,
aber heit sind se alle Philosophe, obwohl se alleweil no ko
Ahnung vu Philosophie hond, aber ä Unternehmungsphilo-
sophie hond se alle, und des langt jo au.

Etz simmer wieder bi dem Thema Verkäufer, denn zunere
heitige Unternehmungsphilosophie ghört au, daß der Ver-
käufer den Umsatz noch Kräften steigern hilft. Der Umsatz
loßt sich aber it steigern, oder it selle schteigern, wenn der
Mensch mir des verkauft, wa i will, sondern wenn er mir des
verkauft, wa er mir verkaufe will. Er moß mir also klarmache,
daß mer des heit nimme hot, wa i will, weil des »out« isch. Er
derf nadierlich it glei mit de Türe is Haus keie und mir erklä-
re, daß ich »out« sei. Nei, er moß ganz sorgfältig und psycho-
logisch mir ausschwätze, wa i eigentlich welle hon, bis i total
iberzeugt bin, daß i ko Ahnung und kon Gschmack ghet
hon, wo i die Türe zu dem Gschäft offgmacht hon, aber etz
hon i ä Ahnung und hon en Gschmack, aber i hon it des, wa
i eigentlich hon welle.

Des isch on Teil vu de Unternehmungsphilosophie, und die
Philosophie isch absolut richtig, weil se nämlich funkzio-
niert. Mer moß nu mol mit offene Auge durch d Schtroße
laufe und luege, wa zum Beispiel d Maane und d Wiiber fir
Klamotte ahond. No sieht mer nämlich innerhalb vu fimf Mi-
nute, wa etz grad »in« isch, weil en hohe Prozentsatz vu
Wiiber des kaufed, wa am wenigschte zu ihne paßt, wa mer
aber heit hot, oder ho sott, damit mer it »out« isch. S fangt bi
de Schueh a und hört bi de Bluse uf. Iber sechzg Prozent vu
de Maane hond die gliiche Hose am Fidle, obwohl se am
Schtammtisch alleweil behauptet, sie däted nie im Läbe ä
Uniform azieh.

S isch aber wirklich wohr. Fascht alle Rentner hond die
gliiche Windjacke, und alle mitenand zämme hond au die

gliich Lebensphilosophie, nämlich die, daß es uns no nie so schlecht gange isch, wie etz grad. Drum hots uf de Reisebüro alleweil so vill Leit. Weil se alle wieder wo ane wänd, wo's om guet goht, und des ka mer jo au verschtoh, do brucht mer it emol Philosophie schtudirt hon.

Kon Kündigungsgrund!

Ob's ander Leut au so goht wie mir, des woß ich it, jedefalls mir goht's so, daß es Täg giit, do hon i ausgschprochene misanthropische Schtimmunge. En Philanthrop isch en Menschefreund und en Misanthrop isch en Menschehasser. Meischtens isch mei Gmüet menschefreundlich, aber wie gsagt, s giit Täg, do schlet mei Schtimmung ufs mol um i so en richtige Menschehaß. Schäm di nu, wäred etz vill denke, wo des lesed, schäm di nu, wo du doch genau wosch, daß mer seinen Näkschten lieben soll wie sich selbscht. Ich lieb jo meinen Näkschten wie mich selbscht, aber den Ibernäkschten kännt i uf de Mond schieße.
Des Gfiihl kummt meischtens iber mich, wenn i Leserbrief lies, wo i de Zeitung abdruckt sind. Do schriibed manche Lüt Sache, do schämt mer sich grad fir die, wo des gschriebe hond und i denk denn so fir mich, warum mer eigentlich mit sottige Zeitgenosse zämmelebe moß. Do hot zum Beischpiel oner sich firchtig ufgregt driber, daß d Kirch den Vorschlag gmacht hot, mer soll doch den »Jackpot« mit dene huufe Millione Lottogelder eifach dene gäe, wo hungered und wo s Elend groß isch, wenn niemerd die richtige Zahle hot.
Etz hot der Mensch en Leserbrief gschriebe, wa des fir eine Sauerei vu de Kirch sei, sich do eizmische und sie hetts grad nötig und eso. Die arme Lottospieler däted doch des Geld

bruche und s dät ihne doch au ghöre. Do bin i automatisch wieder i so ä misanthropische Schtimmung inne keit, wo i des glese hon. Aber scho am gliiche Morge bi i wieder philanthropisch wore, weil i ime Ufsatz iber de Hansjakob ä Urteil vum Sozialgericht Reutlinge glese hon. Do hot ä Angestellte ime Sanatorium im Schwarzwald ein Dischput mit de Verwaltungsschweschter ghet und die hot zunere gset, sie soll mit dere Sach zum Verwaltungsleiter go. No hot die Angschtellte nu gset: »Zu dem Seckel gang ich it!«

Uf des na isch ere wäge »vertragswidrigem Verhalten« kündigt wore. Die Sach isch vor's Sozialgricht kumme und der Sozialrichter hot geurteilt, daß des kon Kündigungsgrund sei. Die Frau häb sich durch den Gebrauch vu dem Wort »Seckel« konere Achtungsverletzung schuldig gmacht, denn der Ausdruck sei im schwäbische Schprochgebrauch »allenfalls eine milde Kritik an der Person oder am Verhalten einer Person«.

Denn hot's no i de Urteilsbegründung gheiße: »Daß der Verwaltungsleiter aus Norddeutschland stammt, rechtfertigt keine andere Betrachtung. Norddeutsche, die die Mainlinie überschreiten, haben eine in Norddeutschland entwickelte Empfindlichkeit gegenüber Ausdrücken aus einer bilderreichen Sprache abzulegen und sich den Landesgepflogenheiten anzupassen ...« I dem Ufsatz isch denn no gschtande, daß sich de Heinrich Hansjakob iber so ä Urteil saumäßig gfreit hett, weil der sich nämlich für die Erhaltung vum Dialekt heftig in Wort und Schrift eigsetzt hot. Aber it nu de Hansjakob hot sich do driber gfreit, i hon mi au gfreit und wie i mi gfreit hon. I bin augenblicklich wieder en Philanthrop wore!

Ko Volkswirtschaft studiert

Also offe gstande und ganz ehrlich: eigentlich bin i richtig froh do driber, daß i ko Volkswirtschaft schtudiert hon. Im Grund gnumme kapier i iberhaupt it, wa die denn schtudiered, denn so vill Volkswirtschaftler wie mir hond, die mößted doch imschtand sei, ä Volkswirtschaft anez'bringe, wo einigermaße funkzioniert, aber so vill i sieh und lies, funkzioniert se it so, wie se funkzioniere sott. Etz heißts doch alleweil, daß unser Volk usenand keie dät i zwei Hälfte. I die oene, wo ebbes hond und i di ander, wo nint meh hond, oder nume vill hond. I allene Zeitunge ka mer doch lese, daß unser Volk alleweil meh usenand driftet, i die Reiche und die Arme.

Do sott mer aber denn scho no weng Unterschied mache, denn bi de Reiche giits bekanntlich sottige, wo vill hond, mordsvill hond oder sauvill hond. Bi de Arme isches ähnlich. Do giits sottige, die hond nint, sottene die hond garnint und denn no selle, die hond iberhaupt nint. De große Haufe hot it z'vill und hot it z'wenig und zu dene ghört unsereiner. Wer sei Miete zahle ka, am Esse und Trinke it schpare moß, wer sich d Rakete fir Silvester leischte ka, i jedem Konzert, i jedere Veranschtaltung hockt, ab und zue ä Buech kauft, ä Auto fahrt, gnueg Geld zum fotografiere, filme und fir de Schport ibrig hot, dem wo's no zume Bauschparvertrag langet und d Mamme rennt all furzlang zum Frisör und i de Kosmetiksalon, der ghört eigentlich zu de sogenannte Mittelschicht. Ä Mädele, wo jede Monat zweihundertfufzg Mark fir Kosmetik usgäe ka, isch it underem Exischtenzminimum und en Bursch, wo fir sine Hobby fimfhundert Mark im Monat verbraucht, der sott it ge demonstriere goh, wenn's um en neue Tarif goht. Aber des isch grad so ä Thema, wo i alleweil is schleudere kumm, wenn i driber lies und driber nochdenk. Etz grad sind wieder die Fotografie i de Zeitunge, vu dene Arbeiter und Angeschtellte, wo zum Warnstreik bereit sind.

Mer hot manchmol so s Gefiihl, s einzig, zu wa mer bi uns no bereit isch, des isch de Warnschtreik. Do siehsch denn uf dene Foto lauter fröhliche Gsichter, wie se rote Fahne schwenket und koschtschpielige Transparente traged und Luftballon garniered die kämpferische Heiterkeit, daß mer sich froge moß, wer demonstriert eigentlich mol fir die selle, wo nint hond, garnint oder iberhaupt nint? Wer denkt bi uns eigentlich mol dra, daß die selle wo nint hond, au it meh hond, wenn die selle, wo gnueg hond, fimf Prozent meh krieged. Alles brüelet und jommeret, wenn unsere Autofabrike ihrene neue Modell im Ausland baue lond, anschtatt bi uns, weil bi uns die Produktion z teuer kummt, deswege wird trotzdem gschtreikt oder gewarnschtreikt, wenn se it meh krieged.

I will die Undernehmer garit in Schutz näe, i hon se lang gnueg beobachte känne, wie se Johr fir Johr brieket hond, wen se s Weihnachtsgeld amel auszahlt hond. Mit weinerlicher Stimme hond se als verzellt, daß es wieder zume kläne Christkindle lange dät, »trotz schlechten Geschäftsganges!« Debei hond si i sellene Johr so vill verdient, daß se hond möße Maschine kaufe, wo se garnie brucht hond, nu damit se de Bulver vor em Finanzamt hond verschoppe känne. Des isch solang gange mit der Blärete, bis enes kon Mensch meh glaubt hot. Etz isches umkehrt. Etz glaubed immer weniger do dra, daß mer all no meh fordere sott, während scho vill z vill nint meh hond, garnint oder iberhaupt nint. Mer sott vielleicht de Leut wieder mol erkläre, wa Solidarität isch, aber wer soll des mache, wenn die wo hond, nu no solidarisch sind mit de selle, wo au hond. Aber wie gsagt, i hon ko Volkswirtschaft schtudiert und i bin au ganz froh, daß i nint vu dem Glump verstand . . .

Au nu en Mensch

Ons vu sine Büecher, wo min Freund, de Mundartdichter Hans Flügel gschriebe hot, des hot den Titel:»Me isch au nu en Mensch«. Eigentlich »hät« der des gschriebe, weil er en Singemer isch. En Singemer »hät« und en Konschtanzer »hot«. Zwische »hät« und »hot« lieged Welte, wie zwische »gset« und »gseit«, aber iber den diefe weltanschauliche Bruch mecht i mi etz it uslosse, des dät en endlose Dischkurs gäe. Nei, mir isch der Titel vu dem Buech »Me isch au nu en Mensch« neilich wieder mol schlagartig eigfalle, wo i wieder mol ebbes erlebt hon, wa i eigentlich it hett erlebe derfe, aber i lauf alleweil a so Situazione na, wo mir peinlicher sind, als de andere Lüt.

»Me isch au nu en Mensch«, des saged mir doch immer wieder mol, wemmer wieder mol oemeds versagt hot und sich rechtfertige will. Des Wort »versagt« isch scho weng hart. Mer will mit dem Satz, daß mer au nu en Mensch sei, eigentlich nu sage, daß mer in gottsname au it andersch isch, wie andere sind. So simmer halt, und mer sind so ziemlich alle gliich liederig, vum menschliche Schtandpunkt us gsäne. Bi de Chrischte hot mer do früener gset, mir seied ä Communio peccatorum, des heißt, ä Gemeinschaft der Sünder. Drum singed se jo au im Rheinland »Wir sind alle kleine Sünderlein, s war immer so, s war immer so«. Dert hot mer des Problem begriffe, aber i glaub, daß die selle, wo des so fleißig singed, daß die it so räet kapiered, wa se do singed. Etz giits aber au Ausnahmemensche, Übermensche, des sind eigentlich die Heilige. Und so on isch mer neilich begegnet, wo mer de Satz vum Hans sim Buech wieder eigfalle isch. I bin zuefällig ime klänere Gschäft gsi, wo de Schef no de Schef isch und wo die Angschtellte no Reschpekt vor em Schef hond und au wengle Angscht, daß se irgendwenn mol kündigt wered, und die Angscht hond heit vill, wo no Arbet hond. Etz war des so, daß der Schef mich kennt hot und hot gmont, wenn i i sim Lade bin, no mößt er ko Blatt vor s Mul näme. I tue etz mol d Name ändere, damit mer it glei woß, wo und wer des war und den verzell i eifach die Gschicht, wie se abgloffe isch. De Schef, de Müller, isch us sim Schefbüro use gschosse, isch vor em Schreibtisch vor sim Angeschtellten Meier schtoh bliebe und hot den laut und iberdeitlich fertiggmacht, des heißt, er hot en fertigmache welle. Er isch vor den Meier nagschtande und hot beide Händ i d Seite gschtemmt und lauthals gset:»Also Meier, sie sind einfach ein Arschloch!« Mer hot des it so gern, wenn en Vorgesetzte so was zu om set, vor allem denn it, wenn no ebber mithöre ka, und der Mithörer au no Kundschaft isch und mi au no kennt. So wie ich mich kenn, hett ich zu dem Schef gset»danke gleichfalls«, aber der Meier moß en Heilige sei, hon i mir sofort denkt, denn der isch seelenruhig uf seim Schtuehl hocke bliebe und hot ime ganz sanfte Ton zum Schef, zum Müller, gset:»Ach wissed se, Herr Müller, ä Arschloch isch au en Mensch!« Es isch eine feierliche Schtille eitrete, weil im Müller-Schef do druf nix eigfalle isch, und er isch glei wieder i sei Schefzimmer zruckpfurret, ohne Kommentar.

De Meier hot wiiter gschafft, und i bin zum Lade naus, i hon nämlich scho zahlt ghet, wa i kauft hon. Wo i wieder im Freie gsi bi, isch mer s Flügel-Buech eigfalle, aber i bi etz no dere Meinung, daß der Meier kon gwähnliche Mensch isch, des moß en Heilige sei. Wo i die Gschicht om verzellt hon, wo den Meier kennt, no set der zu mir,»oha, den sottsch mol dohom erlebe, wie der mit sim Weib umgoht!« Des hot mi offe gschtande weng deprimiert. Herrschaftsexe, hon i denkt, giits denn wirklich näene niene kone Heilige meh, aber er wird sich halt au sage, de sell Meier,»me isch halt au nu en Mensch!«

BLEIB WA DE BISCH

De Johann Ludwig Käsleberg,
isch alles, nu kon Gartezwerg.
Der isch, ihr Leutle, glaubeds mir,
ä Trum vu Mannsbild, wie en Stier.

Der hot vielleicht en Riese Seschter,
zweizentnersechzg wiegt au sei Schweschter.
Zwei Ohre hanged anem dane,
so groß grad, wie ä Omlettpfanne.

Ä Trum vu Nase sitzt ihm im Gsicht,
elei scho die gäb ä Gedicht,
do känntsch en Rüebegeischt draus mache,
nu derf mer do it driber lache.

Ä Gosch hot der, die kummt om vor,
wie so ä offes Gartetor
und wenn er lacht, no sieht mer Zäh,
obe vier und unde zwä.

S Kinn schtoht zwanzg Santimeter vor,
en Hals wie ä Tränascherohr.
Do wirds om scho vum luege warm
und links und rechts hängt je en Arm.

Mit Umfang wie zwei Fraueschenkel,
kummt der uf s Haus zue, brüeled d Enkel,
wie Abtrittdeckel hot der Händ,
weh dene, wo ihm s Pfötle gänd!

En Ranze, wie de Schienerberg,
zwei Füeß mit Schueh wie Kindersärg,
er ka mit seine Fidlebacke,
pfundweis große Walnüß knacke.

Wa hot er suscht no i de Hose?
Do bruched'er etz garit lose,
wa intressiert mich dem sei Gwächs,
nu kone Minderwertigkeitskomplex.

Reschpekt vor dem Ma zwar weng hone,
nu Versle mache, kaner kone.
Er ka nu mit de Fidlebacke,
it mit em Köpfle Walnüß knacke!

Drum mecht i, s fallt mer garit ei,
en Käsleberg au niemols sei.
Des käm ko Schtund mir i de Sinn,
i bleib gern der, wo i etz bin.

Konkrete Kunst

So wie i Sie kenn, hond Sie sich beschtimmt scho mol mit
»abstrakter Kunst« beschäftigt. Bitte etz nu it glei abwinke
und sage, loß uns blos in Rueh mit dem Bledsinn. Mir solled
uns it gegeseitig in Rueh losse, mir solled uns gegeseitig an-
schporne, damit mir unser Kunschtverschtändnis vertiefed.
Heutige Kunscht isch kon Bledsinn, au wenn mer se uf de
erschte Blick fir Bledsinn halte kännt. Des isches doch ebe
grad: De erschte Blick langt it und au it de zweit und de

dritt. Ä leers Blatt Papier ime schwarze Rahme ka ein bedeitendes Kunschtwerk sei, mer moß es nu lang gnueg aluege. Nochere Schtund erscheined om nämlich lauter rote und blaue Ringle vor de Auge und die moß mer etz i den Rahme neidenke, no sieht die Sach scho ganz andersch aus. Bei de sogenannte »konkrete Kunscht« isches ähnlich. Die isch eigentlich au abstrakt, aber mer ka se zum Teil alange. Zum Beischpiel en rot lackierte Stahlrahme, wie mer'n i unserm Kunschtmuseum drei Monat lang hot säne känne. Des isch nadierlich it nu en Schtahlrahme, wo mer matt lackiert hot und ane Wand ghanget, wo eigentlich nu weiß war.

Wa mer zu dere Kunscht sage ka, des mecht i etz gern mol mine Leser vorschtelle, damit se au ä Ahnung devu krieged, wie dief sich die Fachleit i so en leere Rahme neidenke känned. Do hon i nämlich inere Beschreibung iber den Rahme-Kinschtler folgendes glese:»Was (seine) Arbeiten anbieten, ist die Gleichzeitigkeit einer absoluten Nähe (zu dem, wie wir Bilder gewohnt sind wahrzunehmen) und dem Abstand vom Bild (durch den Entzug des Bildlichen). Unser Reflex zum Begriff und die Anschauung des vorhandenen Gegenstandes bilden einen erweiterten Denkraum, der der Imagination Raum öffnet: Vor der »Bildlosigkeit« beginnt sich im Verweis/Konflikt/Dialog mit unseren begrifflichen Konventionen des »Bildes« Prägnanz zu entwickeln«.

Isches Ihnen etz klar, wie der kinschtlerische Betrachtungsprozeß ablaufe moß, oder hond Sie des alleweil no it verschtande? S isch doch soo leicht, einfacher ka mer's wahrhaftigergott nimme ausdrücke. So isches doch:»Unser Reflex zum Begriff und die Anschauung des vorhandenen Gegenstandes bilden einen erweiterten Denkraum, der der Imagination Raum öffnet«. Sie mond halt Ihren Reflex zum Begriff wäre losse, no bildet die Anschauung vu dem Gegeschtand vunim selber en erweiterte Denkraum. Und s isch bi de meischte vu uns hekschte Zeit, daß sich der Denkraum no wengele erweiteret, wo doch unser Provinzhirn all no meh schrumpfliger wird. De Imagination moß endlich meh Ufmerksamkeit gwidmet were. Wenn se aber etz wieder it wissed, wa Imagination isch, no schreib i des in gottsname au no. Imagination isch Einbildung. Wemmer sich also lang gnueg einbildet, daß der leere Schtahlrahme eigentlich gar kon leere Schtahlrahme isch, mer moß de Imagination nu gnueg Raum öffne, denn kummt mer bei der Anschauung des Gegenschtandes, also vu dem lackierte Schtahlrahme, iber de Reflex zum Begriff vunim selber i den erweiterte Denkraum und i dem ka'sch denn denke, wa de witt, s isch alleweil richtig. Nu vor dere Bildungslosigkeit, wo aber etz durch unsere Imagination mit lauter rote und blaue Ringle gfüllt isch, entwickled sich etz mit unsere begriffliche Konventione Prägnanz! Hond Sie etz des begriffe, oder schtelled Sie sich wieder mol schtur und wänd eifach it begriife. Also wer so ä eifache Lektion it begriift, bi dem isch Hopfe und Malz verlore. Do hot au de »Verweis/Konflikt/Dialog« kon Sinn meh. Etz moß i des aber nomol ganz langsam lese, wäge de »Gleichzeitigkeit der absoluten Nähe«. I glaub, wenn i weng Abschtand hon, verschtand i's ersch richtig.

Design . . .

Ihr wäred etz lache, aber i hon immer ä mordsmäßige Freid, wenn d Lüt ammel so Fremdwörter verwended und wemmer sich denn bled schtellt und so duet, als dät mer it wisse, was des bedeitet, des Wort. Mer frogt ganz eifach, ob der Betreffende des om erkläre ka, no woß der des meischtens selber it. Aber anschtatt on des zuegäe dät, daß er selber

54

garit woß, wa des heißt, wa er do grad gset hot, fanged die meischte a, irgend ebbes zum verzapfe und denn verheddered se sich so innen Scheiß nei, daß es grad de Sau graust und des isch denn de Grund fir mei mordsmäßige Freid. Wer hüt ä ganz klei weng ebbes druf hot, oder mont, daß er ebs drufff hett, der verwendet des Wort Dissein (Design!). Mer ka i ko Wohnung me kumme, kon Tisch und kon Schtuehl meh agucke, s giit ko Armbanduhr und ko Sackmesser, ko Gabel und kon Leffel, ko Sofa, ko Kisse, ko Krawatt, kon Schueh, ko Bluse, ko Halskette und kon Ohrering meh, ohne daß des alles Dissein isch. Wa nämlich heit it Dissein isch, des isch nint wert und wenn mer ebber frogt, wa des wert sei, no set der glei, des sei Dissein. Der Kugelschreiber oder der Fillfederehalter ka no so bschisse sei und it funkzioniere, des isch grad gleich, wenn er nu Dissein isch. De Hamlet hot no gset, »Sein oder Nichtsein, das ist hier die Frage...« aber mit dere Ur-Frog des Menschen ka'sch heit kon Hund meh hinder em Ofe vüre locke. Dissein oder nicht Dissein, des isch heit die Frog und wehe, de hosch nix a'der, oder nix bi'der, was Dissein isch, no ka'sch de grad homgiege loh. Und wenn de it wosch, wa dine Kinder, din Bue oder dei Mädle werre loh witt, no loß se Disseiner werre, no sind se butzt und gschtrählt. Eigentlich heißt Dissein nu Muschter, Entwurf, oder Formgebung, aber heit verschtoht mer unter Dissein vor allem formgerechte und materialgerechte kinschtlerische Geschtaltung vu Gebrauchsgegeschtänd aller Art. Des goht iber Klamotte bis zu de Möbel und de sogenannte Raumkunscht. Mit eme Leffel oder mit'ere Gabel mit Dissein »ißt« mer heit. Früener hot mer mit eme gwähnliche Leffel und mit'ere gwähnliche Gabel nu g'fresse. Uf'eme gwähnliche Lokus hot mer früener eifach g'schisse, heit kummsch du uf'ere Dissein-Toilette hekschtens zu »Stuhle«! Merked'er de Underschied, hä? Des isch denn scho ebbes anderes. Etz bi mir hots do weng Schwierigkeite gäe mit dem Dissein. I hon scho alles ghet, wa mer so ho moß, und i häng halt firchtig a dene Sache, wo i mol hon. Aber ebbes mit Dissein sottsch doch scho hon, hon i mir denkt, und denn isch mir ä glorreiche Idee kumme. I hon mir en Nasebohrer kauft, total Dissein! Komisch, wenn i früener vor de Lüt i de Nase bohret hon, no hots g'heiße, i sei weng ä Drecksau. Seit i aber mit mim Dissein-Nasebohrer schaff, wenn i in Gsellschaft bin, finded des alle totschick. Isch etz des it komisch, hä?

Kunschtkritiken

Wa mi alleweil wieder ufs neue fasziniert, des sind i de Heimatzeitung die Berichte iber Kunschtausstellunge. I ka mi no guet erinnere, daß uns d Lehrer i de Schuel alleweil mol wieder hond ä Bild beschreibe losse, damit mir unsere Beobachtungsgabe vertiefen solled. Also i war i vill Fächer it grad ä Leuchte der Wissenschaft, aber wemmer hond derfe ä Bild beschreibe, do war i immer sozusage en Siech. Die Freud a dere Beobachtungsgabe isch mir bliebe bis heut, drum lies i au immer die Berichte vu dene Wärnissasche. Unsere Zeitung isch jo voll vu so Bericht iber Kunschtausschtellunge, weils so vill Kinschtler gibt, seit der Beuys gsagt hot, daß jeder Mensch en Kinschtler sei. Wenn heut one bim Tennisball a de Tombola en Farbekaschte gwinnt, no braucht se vierzeh Tag schpäter en Laudator fir die erscht Wärnissasch. Warum au it, aber wa mi schier wahnsinnig macht, und zwar us schierem Neid, des sind die Berichte, des heißt, wa die Berichterschtatter, aber meischtens sinds Berichterschtatterinne, wa die iber die Bilder sage und schriibe känned.

Die mond ibernadierliche Auge im Kopf hon und en achte Sinn, mit dem wo se schpüred, daß do ebbes isch, i dene Bilder, wo nu sie säned und ander Leut it. Warum sieh i mit mine gwähnliche Auge alles des it und wägewarum hon ausgrechnet i kone so Wörter uf Lager, wo mer zu Sätz zämmesetze ka, wo nochher niemerd meh verschtoht, wie die sell, wo des gschriebe hot? I kännt vor Neid verruckt werre, wenn i do zum Beischpiel lies, daß i de Hilzinger Kunschtausschtellung oner »in feierlicher Ausgewogenheit, Grundform und Grundfarbe als abstrakte Erinnerung vereint«. Do hot scheints oner »Geometrie gewissermaßen in heftigem Erregungszustand« zeigt und oner »bringt die Farbe Rot ins Spiel, fast nichts als Rot, eine Farbandacht«.

Wieder bime andere »atmet weiße Leere am Rande kontrolliert von bunten Viereck-Marken«. Wieder en andere »verwaltet das Bewußtsein maßvoll«, und bei ihm »deutet sich eine mehrgesichtige Bilddinglichkeit an«. Überhaupt, »die Ausstellung behält das Ganze im Blick, schafft notwendige und wohltuend ausgleichende, stimmige Ergänzung in Anbetracht der kühl einebnenden Geo-Welle«. S wär eifach en glatte Schwindel, wenn i behaupte dät, daß i au nu ä gotzigs Wort vu allem dem verschtand, geschweige denn en Satz. Aber grad des isches äbe. Wieso mueß des Schicksal ausgrechnet mi so bled mache, daß i rein garnix kapier vu dem, wa die Experte i dene Bilder säned. Do hock ich im Bett und bet z Nacht und sag zu unserm Herrgott: »Känntsch Du etz mir durch de Heilige Geischt it mol eileuchte losse, daß die wüeschte Eiseschtange, wo se etz uf em Weber-Platz ufgschtellt hond, kon Schrotthaufe, sondern ä Kunschtwerk sind!« Aber de Heilige Geischt schweigt wie alleweil, wenn i nochem ruef. Die Künschtler wissed zwar selber it, wa des sei soll, wa se do gmacht hond, aber dene Experte i de Zeitung giits de Heilige Geischt ei, wa des isch, wägewarum der Kinschtler sei »Bewußtsein maßvoll verwaltet«, und wieso ä

Rhythmus-Figur »im jagenden Staccato-Schritt die Verlaufs-form der Zeit segmentiert«. Nadierlich woß ich, daß ich it de onzig Blede bin, wo i unsere Stadt umenandlauft und nix begreift. Im Gegeteil, manchmol hon i so s Gfihl, daß die meischte wo i kenn, daß die des it kapiered. Denn hon i aber wieder so Anwandlunge, wo i mir sag, des isch äbe die Masse und die verschtoht sowieso nint. Elite begreift des, mit dere heitige Kunscht, aber du ghörsch halt it zu de Elite und des bloget mi arg. Neilich hon i zum Heilige Geischt betet: »Du machsch so lang, bis i an dich au nime glaub, no hosch de Dreck!« I hon denn nu no hinzugefügt: »Kunscht etz, oder kunscht etz it!« Do isches mir so gsi, als hett ich ä innere Schtimm vernomme, wo gsagt hot: »Wa heißt do kunscht etz? So kriegsch du nie ä Antwort, wa Kunscht isch!«

Kultur und Struktur

Mer verwendet heit en huufe neie Wörter, wo im Grund gnumme alte Wörter sind. Do degege kännt mer eigentlich nix eiwände, wenn se it herginged und die Wörter so ver-biege däted, daß us dene Wörter z'mol en ganz andere Sinn usekumme dät. Ganz deitlich ka mer des a dem Wort KUL-TUR abläse. Dem Wort hond se ganz übel mitgschpillt. Kul-tur hot früener mol ebbes z tued ghet mit Veredelung, ebe mit Kultivierung. Des hot sich känne ufs Land beziehe, wo mer kultiviert hot, damit us de Wildnis Ackerland, also Kul-turland wore isch, s hot sich aber au uf de Mensch bezoge. Us dem Wilde, wo zmol uf zwei Füeß gloffe isch, hett solle irgendwenn mol en Mensch werre, indem mer den Wilde kultiviert, bis er en Mensch mit Kultur isch, aber des isch bis etz firchtig schief gloffe. Wenn mer heit mol so um sich rum guckt, wa se etz grad under Kultur verschtond, do känntsch grad verzweifle.

Heit hot Kultur mit allem z'tued, nu nix mit kultiviere oder veredle. Schtreckeweis isch Kultur etz grad s Gegeteil vu Veredlung, denn je wüeschter ebbes heit isch, i de Kunscht, i de Literatur, i de Musik und im Theater, umso meh isches Kultur, aber do kasch nix dra mache, so isches etz halt emol. No giits no en andere Begriff, dem isches grad so gange, wie dem Kultur-Begriff. Des kläne, unscheinbare Wörtle STRUK-TUR, des isch etz fange alles andere, als des, war mer mol under Struktur verschtande hot.

Des lateinische Wörtle »structura« war emol de Aufbau, s innere Gefüge, oder die Gliederung. S war die ordentliche Zusammenfügung, die innere Ordnung, aber wemmer bi dem heitige Schtrukturbegriff noch de innere Ordnung sueche mecht, do hett mer lang Arbet, bis mer die am End finde dät. Vor allem i de zeitgenössische Kunscht schwätzed se all vu Schtrukture. Mer gebraucht des Wort all denn, wenn om kone andere Wörter eifalled, bi dem Chaos, wo oner oder one uf ä Leinwand, uf ä Holzplatte oder uf suscht ebbes gmolt hot. Wenn mer uf ä Schperrholzplatte rote Farb schmiert und hinderher Sägmehl druf schtreit, no hot des Kunschtwerk nadierlich Schtrukture. Wenn aber alles glatt isch uf dere gmolte Fläche, aber im Hirn vu dem Kinschtler isch alles weng verschlunge, no erkennt de ufmerksame Be-obachter vu dem moderne Bild au Schtrukture, wenners lang gnueg aalueget, des heißt uf sich wirke loot.

Iberhaupt isch des Chaos fange die einzig Schtruktur, wo sich no mit Sicherheit erkenne loßt. Mer moß nu mol i d Wirtschaft ine luege. Nadierlich it is Rößle, i de Löwe, oder i de Anker. Nei, i die Volks- und Betriebswirtschaft moß mer ine luege, no schtoßt mer glei uf d Schtrukture. Weils näm-lich hinde und vorne klemmt, weil mir so gschiid und so modern worre sind, heißt des Gebot der Schtunde »Umstrukturierung!« Jeder Lade, wo au nu ä klä weng ebbes uf sich halted, duet etz umschtrukturiere. Des heißt, de sell, wo bisher des gmacht hot, der macht etz sell und der wo sell gmacht hot, macht etz des. Des funkzioniert nadierlich it bi de Handwerker und Facharbeiter, des klappt nu wiiter dobe. Im Bereich vu de Geschäftsführung wird am meischte umschtrukturiert. Die ka mer beliebig austausche, do passiert it vill. Mer moß nu wieder mol alle Briefboge ändere, alle Formular neu drucke, und alle Büro im Rotationsprinzip wieder mol verschiebe. Wa hinde isch, isch denn vorne und wa vorne war, kummt etz hinde na. De oberschte Schtock zieht i de undere und umgekehrt. Mer glaubt garit, wa mer durch so ä Umschtrukturierung gwinnt. S isch alls neu und alles isch andersch. Funkzioniere duet so guet wie nix meh, aber d Schtrukture sind veränderet. Im Grund gnumme isch so ä Umschtrukturierung ä echte Kulturleischtung, oder wa mer heit drunder verschtoht. S hot zwar alls kon Sinn, aber mer hot ebbes gmacht und uf des kummts heit nu no a, wemmer bewußt lebe und mit de Zeit goh will.

Musik isch halt Gschmacksach

Musik höre isch eigentlich Gschmacksach. Die oene mögeds gern klassisch und die andere höred lieber Volksmusik. Wieder andere möged de Jazz, oder Pop-Musik, on schmilzt bei Gregorianik und en andere bei Oper oder Operette. Mer hot scho lang usegfunde, daß kaum ebbes iber d Seel vum Mensch so ä Macht gwinne ka, wie d Musik, drum sei die sell Frau Musika ä königliche Herrin, hot s früener gheiße, weil sie des hohe und edle Gsetz der Schönheit verkörpere dät. Aber des mit dem »Gsetz der Schönheit« ka mer schtelleweis scho lang vergesse. Heit moß ebbes wüescht sei, no isches erscht richtig schä. Mer kännt au sage, »je wüeschter, je schäner!«

Des isch doch etz grad die Lösung i die Kunscht und weil alles Kunscht isch, isch au alles Musik und wenn's au nu no glepft und brüelet. S hot emol en Dichter gschriebe, Musik sei die Schtimme Gottes. Des schtimmt au hüt no für viel, wa mer under Musik verschtoht, aber fir menks, wa mer heit fir Musik haltet, schtimmts ums verrecke nimme. Mer kännt sogar behaupte, daß es etz grad sogenannte Musik giit, uf die am liebschte de Deifel tanzt. Sie mached jo au scho Satansmusik und s giit jo au Satansmusiker. Des alles lauft bi uns under dem Schtichwort Kultur, des isch denn Alternativkultur! Ha des glepft und johlet, schreit und lärmet, plärret und brüelet, und die Musiker jucked und zucked wie nervekrank und azoge sind se und ussäne tond se, wie wenn se sich uf de Schtadtmischte koschtümiert hetted.

Mer ka's jede Tag höre, grad wos im Summer zuegoht, wenn se d Schiibe vu de Auto off hond und s Auto-Radio ufdreht, daß au d Umwelt ebbes devu mitkriegt, wa sie fir ä Freid a dere neie Lebensqualität hond. Wenn denn ä Ampel grad uf Rot gschaltet isch, no bummeret des manchmol nebedra, hinde oder vorne, daß mer mone kännt, s wär grad wieder mol en Krieg usbroche. Vielleicht isch des Gebrummere i dene Rockschuppe en kläne Ersatz fir die Trommelfeuer, wo die ältere Generatione no brucht hond, damit se i dene »Stahlgewitter« zu echte Männer gschmiedet wered. En Hufe sind allerdings i dene Gwitter gschtorbe, und bi dene Rock-Gwitter schtirbt mer it, des isch scho en Vorteil, obwohls glepft und kracht wie echt.

Nu abschterbe ka do debei scho einiges, inwendig nämlich, wemmer vume äußerliche Gehörschade mol absieht. Etz isch Musik aber halt Gschmacksach und Gschmack isch au

Gschmacksach. Am Radio und am Fernsäher hots jo Knöpf zum Ausschalte und Knöpf zum ä anders Programm sueche. Wa macht aber ebber, wo kon Gschmack hot, sondern nu ä Gschmäckle? Der loset am beschte alls des aa, wa grad lauft, wie unsereins, wemmer i beschtimmte Gschäfter ge eikaufe goht und us de Lautsprecher a de Decke rieselet Musik obe abe. Die sott de Kunde nämlich motiviere, daß er entspannt isch und meh kauft, als er will oder brucht.

Mer kännt sich aber as Hirn lange, mit wa die Werbefachleit ihre Kunde entschpanne wänd. Des isch fascht gleich wie i dene Cafe, wo se so Schrott vu de Decke abe bläre lond, daß om de Würfelzucker verbröselet, bevor er i de Tasse isch. S beschwert sich aber niemerd, oder nu höchst selte. Solang nämlich irgendwo irgendebber irgendebbes bläret oder lärmet, hot de Mensch des Gfihl, er sei it elei. Wenns pletzlich schtill isch, wird de heitige Mensch depressiv, weil er denn in sich neilose mößt und los emol oemeds nei, wo nint dinne isch, do ka'sch doch nu depressiv werre!

November

Wenn Allerheilige vorbei isch, wemmer also scho richtig dief im November dinne schtecked, no sind die meischte Lüt, wo om begegned, it eso guet binenand. Na na, es sind it nu die Alte, wo etz no weng meh vor sich anebräseled, wie suscht, au die Junge sind it so »guet druf«, wie se im jetzige Schprochgebrauch saged. Guet, wenn d Sunne scheint, und mer ka i de blau Himmel luege, no ka mer de November no renne loh. Wenns aber scho fetzelet, also ä bitzele schneit, oder no schlimmer, wenns it richtig ränglet, nu all so nieselet, wenns trüeb isch und grau, naß und kalt, wemmer um fimfe scho d Liechter amache moß, no sind die Alte und die Junge muderig.

Die Alte weil se s Wetter i de Knoche schpüred und iberdeitlich merked, daß es halt in gottsname mit dem Bruder Leib numme des isch, wa'nes mol gsi isch, wo mer no jünger war. Die Junge jommered it wägem Rheumatis und wäge de arthritische Knoche, die sind grätig, weil se d Gicht im Gmüet hond, aber des triffts au it so ganz, weil mer hüt jo ko Gmüet meh hot, etz honds alle psychisch, wenn se's wo hond und wemmer am Mäntig Morge scho wieder ge schaffe sott, no ka om des depressiv mache, ganz gleich, ob d Sunne scheint, oder obs ränglet. S isch nadierlich au ä Schtimmung i de Natur, wo om it grad zum Frohlocke verleitet. Des Wort »frohlocke« känned sicher au numme vill, drum sott mer besser sage, daß de November om it »high« macht.

Nei »high« macht er it grad, de November, ehnder wengle hii. Alls wa im Summer ufblühet isch, des schtirbt etz wieder ab. D Wälder sind kahl, d Wiese sind grau und Hecke schtond am Weg, wie usgfranste Kehrwisch. De See hot ko Farb meh, hekschtens so ä grüens Grau, und die andere Ufer und d Hegauberg hond en Nebelschleier vor sich und um sich und d Äscht vu de Böm schtond i d Luft, wie wemmer se abbrennt het. De Kalender hilft no zu dere trüebe Schtimmung. Er fangt scho a mit Allerheilige und Allerseele. No kummt de Bueß- und Bettag, no de Totesunntig, und des ka om au no ufs Gmüet schla, wemmer it die richtig Eischtellung dezue hot.

Aber grad des mit dere Eischtellung wär de Schlüssel dezue, daß mer im November it nu so vor sich ane trüelet und Trüebsal bloset. Mer kännt, wemmer wett, im November au it wenig guete Seite abgwinne, aber mer moß halt welle. Wemmer etz use goht, us sine vier Wänd, no schudderets om zwar weng, bsunders wemmer it warm gnueg azoge isch. Aber d Luft isch guet etz, au wenn se weng kalt isch. En

Schpaziergang im Nebel ka en Hufe für sich hon. Mer moß nu dief gnueg schnufe, daß d Lunge au weng ebbes mitkriegt, vu dere Feuchte. Sie hots nämlich dringed nötig. S isch au weng schtiller wie im Summer. D Omnibus schpucked etz it allhek en Hufe Fremde uf die Parkplätz, wo all Johr zu zigtaused ge luege kummed, wie schä mir's do unde hond. Etz kummt niemerd meh vu obe abe, etz ghört de See, de Hegau und ghöred unsere schäne Schtädtle und Dörfer wieder ganz uns. S isch doch au it wüescht, wemmer wieder mol ä Plätzle oder ä Bänkle verdwischt, wo it scho ä halb Dutzed hockt. Wemmer z Überlinge, z Meersburg, z Ludwigshafe, z Bodman, z Wallhause, z Konstanz, z Allensbach, z Radolfzell, i de Höri und in Stein am Rhein wieder laufe ka, ohne daß mer gschobe wird. Mer kriegt wieder en Platz i de alte Weinschtube, wenn se iber de Winter it zuegmacht hond. De Hegau und die ganz Landschaft isch etz grad so, wie d Japaner ihrene Aquarell moled, und de Kaschtaniebom hinderem Hus zeigt etz sei Architektur. Guet, d Natur hot sich schlofe glegt, aber des isch doch nix Traurigs. Ine paar Monat glepfts wieder us allene Knoschpe, mer wäreds au verwarte känne. Mer sotted die Schtille vum November richtig gnieße und mit offene Auge säne. Mer brucht jo it grad »frohlocke«, aber zum »Träse« hommer wahrhaftig au kon Grund, au it und scho garit im November.

64

Allerseelen

Wenn se scho grad dra sind, zum Feiertäg eispare, no kännted se des Allerheilige au grad streiche. Wer vu de Jüngere woß denn no, wa des Fäscht bedeite sott und wa »Heilige« sind? S hot sich sowieso alls weng verschobe. Hüt gond alle Lüt z Allerheilige uf de Friedhof, als ob die selle, wo uf unserne Friedhöf lieged, Heilige gsi wäred.

Allerheilige isch nämlich des kirchliche katholische Fäscht, wo mer a alle selle Heilige denke sott, wo it heilig gsproche wore sind, aber trotzdem scho zu Läbzeite heilig wared. Am Tag druff a Allerseele, do sott mer uf de Friedhof, denn do sott mer a alle denke, wo gstorbe sind. Aber d Lüt hond a Allerheilige frei und do gond se au a dem Tag uf de Friedhof und it a Allerseele.

Des isch eigentlich au absolut richtig. Wer vu uns woß denn scho, wieviel echte Heilige uf unserne Friedhöf lieged? Mer brucht etz it mol a Allerheilige a de Gandhi, de Martin Luther King, de Albert Schweitzer, de Bonnhoeffer, de Delp und a die unzählige Märtyrer us allene Völker, Rasse und Religione denke, wo alle heilig sind und die mer au alle verehre sott. Mer ka au dohom iber de Friedhof laufe und a der oder die sell denke, wa die mitgmacht und glitte hond, bis se hond sterbe derfe. S giit en Hufe Heilige uf unserne Friedhöf. Des sind Wiiber und Maane gsi, fir die s Läbe kon Spaziergang war, die aber ihre Schicksal trage hond, im Vertraue druf, daß es no ebbes anders giit, als die paar handvoll Jährle, wo mer uf de Welt umedappet.

Mir falled do grad ä paar Fraue ei, wo ihrene Maane ä Läbe lang ertrage hond, obwohl mer die Kerle hett beizeite verschieße solle. Sie sind it emol verdloffe. Sie hond oft it emol gmulet, oder gjommeret, weil se niemerd ghet hond, bi dem se hetted jommere känne. Sie sind denn ine Kirchebänkle ghocket und hond ihrem Kummer iber den wüeschte Kerle a d Himmelmamme ane brieket, bis es wieder weng still wore isch i dem bloogete Herz. I kenn so Schicksal gnueg. Mer moß nu zuelose und s Mul halte und it glei Patentlösunge uf de Zunge hon, no hört mer mengs, wemmer alt und diskret gnueg isch. Au des mit dene, wo mer an Allerseele feiered, des klappt hüt au no. I hon's zwar it so mit de »arme Seele«, weil die meischte vu dene arm gnueg wared, solang se glebt hond, und i mir under Fegfeuer weng ebbes anders vorstell, als wa offizielle Lehrmeinung isch. Für vill vu uns isch »Fegfeuer« s Läbe iberhaupt. Do wird manche oder mancher gfeget gnueg, bis er i die ewig Hoemet derf. Zu dene derf mer au bete, s brucht it grad en große bekannte Heilige sei.

Do hon i neilich grad erlebt, wo ä gstandene Frau zunere Freundin gset hot, weil die grad i firchtige Schwierigkeite war: »Du, i hon scho so fescht zu dinere Mamme betet und zu minere au. Die mond dir doch helfe, die derfed dich doch it im Stich loo!« Do känned etz die aufgeklärten Zeitgenossen, weil se so psychologisch gebildet sind, do känned se sich etz vu mir us ausschittle vor lache iber so ä infantile Einstellung. Fir mi isch des ä Einstellung, mit dere wo mer lebe ka, mit dere wo mer vor allem oft überlebe ka, insofern sind Allerheilige und Allerseele für mi hochmoderne Fäschter!

ADVENT

Advent Advent,
ä Lichtle brennt!

Oh hei ei ei, oh hei ei ei,
am Sunntig druf, do brenned zwei!

Sie saged, daß des üblich sei,
nomol ä Woch, no brenned drei.

S isch it verloge, glaubeds mir,
ä Woch druf, brenned sogar vier,

doch isch's egal, ob ons bloß brennt,
uf jede Fall isch denn Advent.

Mer ka halt den Advent nu kennen,
wenn eins, zwei, drei, vier Lichtlein brennen.

Wenn kons vu denen vieren brennt,
isch ebbes anders, it Advent.

Wenns uf de Schtroße »Narro« schreit,
isch in gottsname Fasnetszeit

und alles andere, als Advent,
weil do ko onzigs Lichtle brennt.

Wenn se Oschtereier fressed
und d Auferstehung glatt vergessed,

weil der Glaube kam abhanden,
no hond se Oschtere it verschtanden.

A Himmelfahrt und au a Pfingschte,
brennt au ko Lichtle, it im gringschte,

weil s Volk do bloß ge bade rennt,
des hot au nix ztued mit Advent.

Ersch wenns kalt wird und wenns schneit,
no isches wieder bald soweit,

daß wieder s erschte Kerzle brennt,
no homer wieder mol Advent.

Denn schtellt mer wieder um, uf fromm
und alles singt, »Herr Jesus, komm.«

Nu wenn er wirklich morge käm,
des wär uns it so angenehm.

ER kennt denn sage, »s Lichtle brennt,
gell ihr feiered Advent!

Ach ihr lieben, frommen Chrischten,
gern kumme ich, um auszumischten.

Uf eure Lichtlein isch gepfiffen,
ihr hond mei Botschaft it begriffen.

Ihr mached doch mit dene Lichtle,
us mir nu liebe, fromme Gschichtle.

Wenn eins, zwei, drei, vier Lichtlein brennen,
denn sotted ihr doch mol erkennen:

Die Menschheit ringsrum leidet Schmerze,
drum brauch ich Herze, kone Kerze!«

Aber etz lond nu die Lichtlein brennen,
nu wenn mir nochher hom zues rennen,

denn sotten wir auf unseren Wegen,
vielleicht ein bitzele iberlegen,

wenn wir in unseren Stuben hocken,
wo mir warm hond und au trocken,

und Kerzle brenned, zwei, drei, vier,
ob alle warm hond, so wie mir!

Kummsch noch dem Obed du nach Haus,
denn nimm dein Portmanee heraus

und lauf glei morge früeh bigoscht,
so schnell de renne kasch uf Poscht.

Oder gang doch uf dei Bank,
die hond gnueg Zahlschein, gottseidank.

Denk etz it alleweil an die Erben,
denk blos, du mößtesch heit no schterben,

no wär alls sowieso am Asch,
weil du nix mit dir nehme kasch.

Wenn du so denksch, no fallt's dir ei,
du känntsch au mol großzügig sei!

Froh i dim Herz und voller Glick,
gohsch du denn i dei Haus zurick,

wo allewell no sell Lichtlein brennt,
no schpiirsch du, etz isch ersch Advent!

Weihnachten 1944 /1994

Etz hommer wieder Weihnachte. Jedes Johr hommer wieder
Weihnachte. Jedes Johr brenned wieder d Christböm und
de Einzelhandel singt vielstimmig des schäne alte Lied,
»Macht hoch die Tür, die Tor macht weit, kauft Leut die gan-
ze Herrlichkeit« und uf alle öffentliche Plätz spielt d Musik
und mer goht no schnell is Alteheim und zindet uf em Fried-
hof uf em Grab vum Babbe und de Mamme ä rots Lichtle a.
Denn gohts hom ge esse und denn isch die sogenannte Be-
scherung und denn raschlets mit em Weihnachtspapier und
je noch de Größe vu de Familie versuft mer schier i de
Schachtle und im Papier, mitsamt de violette Bändele, wäh-
rend im Fernsäeh oder im Radio Glocke läuted und Kinder-
chör singed.
Die ältere Kinder gähned scho lang und denked, oh wenn i
nu scho dusse wär, us dem selige Lade und sie känneds
kaum verwarte, bis se noch de zehne i ihrem dunkle Alter-
nativlokal verschwinde känned, wo ne denn die Lautschpre-
cher mit de Rockmusik die Engelschör und des ganz weih-
nachtsselige Zeug no gar us em Kopf hammeret. Dohom
aber hockt de Babbe mit de Mamme und de Christbom
brennt no weng und vor em Krippele brennt au no ä Kerzle
und manche Eltere verstond d Welt nime und sie fröstled

inwendig ä weng, bis mer denn d Liechter löscht und au is Bett goht.

Vielleicht goht d Mamme au elei is Bett, weil im Babbe sei Liechtle uf em Friedhof brennt, oder Er isch no i de Stube und d Mamme isch nime do. Vielleicht sitzed au junge Päärle umenand und wissed it so recht, wa se mitenand schwätze solled, weil s Fernsäeh nu klassische Musik bringt und mer hot vergesse, daß mer no schnell en Pack Video-Film hett hole solle. Vielleicht giits au junge Leut, wo Er oder Sie elei underem Christbom hockt und alleweil no it begreife ka und am heilige Obend erst recht it begreife ka, warum de ander gange isch.

Des sind denn die Fäll, wo mer am liebste anstatt eme Kind ime Krippele ä leers Schächtele under de Chrischtbom stelle dät, als Zeiche defir, daß die »Beziehungskischte« it ghebt hot und daß se etz leer isch, die Kischte. Zwischenei kummed denn wieder Nachrichte und do erfahrt mer wieder, wo's grad schießt und wo grad gstorbe wird, wäge nint und wieder nint. Vielleicht isch au grad oemends wieder mol sogenannte »Waffenruhe« und denn denk i fascht jedesmol a die Weihnachte 1944, wo mir mit unserm Kampfzug ime Keller in Belgien ghockt sind und hond mit dem Porzellan us dene zerschossene Hüser und ä paar Leintüecher en feschtliche Tisch deckt. Mer hond ä paar Hüehner kochet und druf obacht gäe, daß mer im Kamin kon Rauch sieht und mer hond grad welle singe »O Tannenbaum«, do hots en Knall tue, daß d Ohre no minutelang nochpfiffe hond.

D Kellerdecke isch uf de Tisch keit, ufs Gschirr, uf die kochte Hüehner und uf uns. Mer sind lang am Bode glege und denn naus ins Freie. Mit Weihnachte wars vorbei. De Amerikaner hot en Volltreffer uf unsere Hausruine glandet und denn hond se uns des Fäscht no gar versaut bis gege Morge. Sie hond gschosse us allene Rohr, aber s war kon Angriff. Sie hond uns nu tue welle defir, daß mir »Stille Nacht« singed.

S war en Lärm, der war nu ä klei weng lauter wie ä Rockkon-
zert, nu daß de Rhythmus vu de Eischläg it so straff war wie
bim Hard-Rock oder bei Havy-Metal. Am andere Morge
sind denn au ä paar vu uns junge Kerle liege bliebe, aber sie
wared weder im Alkohol- no im Drogerausch. Sie sind fir
immer liege bliebe. Siebzehn Johr alt simmer domals gsi. Ko-
misch, daß mer des ausgrechnet am Heilige Obed it us em
Kopf bringt. Aber wie's au sei mag, deswege glaub i doch,
daß sell Kind, wo domals uf d Welt kumme isch, den »Frie-
den auf Erden« brocht hot. Wenner bis etz it kumme isch, no
simmer au weng selber schuld dra. Er hot jo später denn
gset, wie mer des mache mueß, aber nu »Klingeling« elei, a
sim Geburtstag, des langt leider it ...

DREIKÖNIG

Es war am 6. Januar,
wo's kalt und naß und rutschig war,
do ziehned die Heilige Drei König durch d Stadt,
s hot gränglet und gfrore, s war eifach sauglatt

und wenn's eso glatt isch, no rutscht mer halt gern,
etz ziehned die Heilige mit ihrem Stern
und sie singed vom Christkind, vor jedem Haus,
uf omol, do rutscht seller MELCHIOR aus,

weil er sich am KASPAR grad hebe no ka,
rutscht de sell au no und beide haut's na.
Etz lieged zwei König im Dreck uf de Gaß
und am Bode rugelet s Weihrauchfaß.

72

Es macht no ä Schrittle, de BALTHASAR,
aber well's halt so glatt und so saurutschig war,
mer hot jo au niene ko wengele gschtreit,
isch de dritte König zu de andere zwei keit.

So lieged am Stroßerand etzed beinand,
alle drei Weisen vum Morgenland.
S hot ne nix gmacht und nix hond se broche,
nu hots uf de Gaß noch Weihrauch etz g'roche

und die Heilige Drei König vum Morgeland,
wared saumäßig dreckig etz, a ihrem Gwand.
Bim ufschtoh mauled se, so en Scheiß,
denn singed se weiter, dem Christkind zum Preis.

»Ein Kind, gebor'n zu Bethlehem,
des freuet sich Jerusalem.«
Wohl dem, der auf den Herrn vertraut,
au wenn's en mol uf d Schnorre haut.

SCHMECKERLE

Oh do verrecksch
wie guet du heit wieder schmecksch
gell du hosch wieder so ä Fläschle
i deim Goldpfeil-Täschle!

Du bringsch mi no ganz durchenander
mit deim »Jil Sander!«
Oder hot dei Parfüm en andere Name
glaubsch i brich fascht zamme!

Wo hosches anetue, sag mol wo
schmecksch du eigentlich iberall so
wenn i des wüßt, du wirsch lache
des dät mi total fertig mache!

I glaub, daß du des witt
oder schtimmts vielleicht it
bei dir fangts doch a prickle
wenn de mi kasch um de Finger wickle!

Aber wickle ruhig e weng
hei guck it so schtreng
i hoff daß du mi verschtohsch
und weng a dir schmecke lohsch!

Sei it so schtur menschenskind
schmecke isch doch ko Sind
gell du schmecksch it nu im Gsichtle
hei etz mach kone Gschichtle...

Oh die Hitz ...

Wenns mol iber dreißg Grad im Schatte hot, no friert mer
numme, no ka mer d Heizung abstelle. Eigentlich dät mer
mone, daß etz de Mensch zfriede isch und froh, daß etz
endlich so en richtige Summer kumme isch, aber wer glaubt,
daß de Mensch zfriede isch, der hot sich gschnitte. Zwar
hond alle bläret, weils alleweil nu grenglet hot, gschifft oder
gseicht, wie se bi uns saged.

Alle hond se gmulet, weil mer alleweil no gfrore hot und alle hond se noch dere Sunne blanget, oder wie se i de Schriftschproch saged, si hond sich gesehnt, und kaum isches etz mol ä paar Täg so richtig warm, do sehned se sich numme, do sind se am maule, am bruttle, am trääße, am schimpfe, wäge dere Scheißwärme, weil se die Affehitz it verbutze känned, weil mer do angeblich druff goht, weil mer do abschnallt, weil se om fertig macht, die Hitz. Oh des wär au schä, wenn se de Mensch »fertig mache« dät, die warm Sunne, wenn se de Mensch reife losse dät. Er isch nämlich it fertig, de Mensch, obwohl er dauernd bräselet, des und sell tei en total fertig mache.

S Gschäft macht en fertig, d Frau macht en fertig, d'Kälte macht en fertig, de Rege macht en fertig und etz macht en die Sunne und die Hitz fertig. Wie gsagt, wenn er nu mol fertig wäre dät, der Mensch oder das Mensch, aber do moß die Evolution no lang dra rum mache, bis die Krone der Schöpfung au nu halbwegs des wird, wa se sei kännt, oder wa se sei sott. Mer moß nu mol durch d Stroße laufe, wenns so richtig schä warm, oder meinetwege au heiß isch. Jessesna, mached die Wiiber und die Maane Gsichter, mer kännt mone, sie hetted sich scho drei Woche i de Sahara verirrt. Ganz abgsäeh devu, wa se fir missmuetige, grätige, luschtlose, griesgrämige Gsichter mached, sie ziehned sich i dene warme Summertäg au a, daß mer nu no mit em Kopf schittle ka. Do wäred us de herzigschte Mädele die wüeschteschte Weiber und die scharmanteschte Mamme macht us sich ä Blunze, nu weil se mont, sie dät nint gliich säne, wenn se sich it au i so en Kunschtstoff-Darm vu Hose ine zwängt, wo die moderne Diktatore de Frau vu heut befehled.

Bi de Maane isches kon Dreck besser. Die laufed i Klamotte umenand, die hett vor fufzg Johr en Strofgfangene verweigeret. Do wird de intressanteschte Typ ine Kaschperle verwandlet, wird de Ranze no meh betont, wie'ner sowieso

scho iber de Gürtel abe lampet, aber au en Adonis wird mit dem modische Scheiß uf Anhieb ä Vogelscheuche. Wenn se denn i de Achtzge moned, daß se no kurze Hose azieh mößted, weil se glaubed, ihre Krampfodore seied bsunders sexy, no frogt mer sich manchmol, obs Gschmack eigentlich nu no uf em Lokus giit.
Am schlimmschte aber isch de Mensch, wenns warm isch, hinter em Steuer vu sim Auto. Do fahred se Kärre spaziere fir zweihunderttausend Mark und mached ä Gsicht, als däted se innere halbe Stund verschosse werre. Sie huped enand wäge nint und wieder nint und mer hot so s Gfiihl, daß jeder uf jeden verruckt isch, nu weil der vor ihm und it hinder ihm isch. Die Junge hond d Schiibe dunne und versaued mit ihrem musikalische Schrott d Umwelt, daß es zum Himmel stinkt, und etz grad, wo i des nomol minere Regierung vorlies, wa i do gschriebe hon, hot se gmont,»ha du bisch aber ganz schä aggressiv, mein Lieber, i hon so s Gfiihl, dich blooget die Hitz!« Hand ufs Herz, it d Wärme, aber der Satz hot mi ganz schä fertig macht.

Schnokewiible

En normale Mensch hot au ä Tageszeitung damit er wenigschtens einigermaße woß, wa i de Schtadt oder de Gmond lauft. Vor allem aber i de Schtadt sott mer sich ä Tageszeitung halte, elei scho wäge de Todesanzeige. Mer sott doch wisse, wer gschtorbe isch.
Mer derf sich it ärgere iber sell, wa it i de Zeitung schtoht oder iber sell, wa falsch dinne schtoht. Mer moß sich freue iber alls, wa iberhaupt dinne schtoht, und i frei mi all Morge, wenn i zum Kaffee mei Zeitung uf em Tisch hon. Nu manch-

mol schtiftet des Blättle uf Anhieb scho am frühe Morge Unfriede zwische mir und de Mei, also minere Partnerin, wo mer als früener gset hot,»mei Frau«. Grad neilich hots zwische ihre und mir wieder mol so firchtig glepft. I moß ehrlich sage, s wär mer grad wieder mol lieber gsi, wenn die Mei mei Partnerin gsi wär und it mei Frau. No hett i nämlich känne ganz andere Saite ufzieh. Zu de Frau mosch all no weng vorsichtiger si, denn wenn om d Frau verdlauft, sell isch hüt fange ä teure Sach. Userdem wetted mir uns jo it wäge some Scheiß au no grad scheide loh, aber s war denn scho weng herb, so wie's zuegange isch nu wäge dem Blättle, wo all Morge scho i aller Herrgottsfrüehe im Briefkaschte isch. Do isch nämlich en Artikel dinne gschtande iber d Schnooke-Bekämpfung, und so ebbes intressiert om doch, wo se om all z Obed iberall ane schteched, die Sauviecher, die dreckige. Mit »ökologisch unbedenklichen Mitteln« hond se bei Ludwigshafe den Kampf gegen 1,5 Billionen Larven ufgnumme und ugfähr 90 Prozent seied i de Hauptbrutgebiete vernichtet wore.

Des wär jo alles recht und guet. Aber s isch au no i dem Ufsätzle gschtande, daß bei dene Blutmahlzeiten nu die Weible schtechen däten, die Männle schteched anscheinend itten. Des hon i minere Frau vorglese und no dezue gset, des sei doch wieder mol typisch, aber do war de Deifel los und wie! Sie hot mich nicht gfrogt, wägewarum nur die Weible schtechen däten, weil nämlich die Weible des Bluet brauchen zur Reifung der Eier, nei sie hot mi glei angepfuzget, wägewarum ich meine Weiberfeindlichkeit scho am Morge i de Früeh use losse mößt. Schließlich hett sie jo de Kaffee gmacht und de Tisch gricht und it i. I sei jo nu ane ghockt, wie all Morge, aber uf die Schtichelei kännt sie gern verzichte. Meine »Schtich« ginged ihre allmählich uf d Nerve, sie sei jo schließlich ko Schnooke-Weible, aber i sei en schtichlige Kog!

Etz hon i ihre erkläre welle, daß des i dem Artikel jo nu eine schtreng wisseschaftliche Feschtschtellung gewesen sei, und i kännt jo au nix defir, daß bi de Schnooke nu d Weible schteched und d Männle it. I soll it eso scheinheilig dohere schwätze, hot se denn wieder gmont, die Mei, s ging ihre iberhaupt it ums Schteche, sondern um mei Schtichle. Wenn i nämlich mone dät, »des sei typisch«, nämlich fir d Weible, und so hett i des jo schließlich gmont, des sei it schtreng wisseschaftlich, sondern polemisch und typisch Mannsbild. I hon it grad gwißt, wa »polemisch« heißt, aber i hon agnumme, daß des wieder nix guets hett sei solle. Mer hond uns denn nochere Weile wieder vertrage, weil i ihre hon klarmache känne, daß ich it »sie« demit gmont hon, daß es aber scho schtichlige Menscher giit. Die Mei hot aber s letscht Wort ghet und dodemit homers uf sich rueh glosse. Sie hot nu no gmont, »Ihr Mannsbilder sind aber kon Dreck besser als mir Wiiber!«

Tierseele?

Wemmer im erschte Buech vu de Bibel den Satz liest, »Gott schuf den Menschen als sein Abbild«, und wemmer denn in Schpiegel guckt, weng um sich rumlueget, die neueschte Nochrichte sieht, hört oder liest, no ka mer doch nu no laut lache und mer moß sich froge, ob die theologische Verfasser vu de Schöpfungsgschicht sich it gwaltig i de Finger gschnitte hond. Und doch macht die geischtige Entwicklung vum Mensch all wieder mol ä winzigs kläs Ruckerle vürse, au wemmer mone kännt, daß es mit uns all nu hinderse goht. Ganz leise macht sich do und dert ä neues Gefiihl fir d Kreatur breit, fangt mer do und dert a, ä Mitgfihl fir d Viecher z entdecke, fangt mer sich a froge, ob s Tier it unser Gschwister isch, ob mir also so mit em umgoh derfed, wie mer des duet und ob die Tierle eigentlich au ä Seele hond?

Übrigens de Bibel noch dirfted mer se au it schlachte und esse. Mir solled uns zwar die Erde untertan mache, »herrsche soll de Mensch iber Fisch, Vögel und alle andere Viecher« und alles des machemer jo au, und wie! Aber s heißt au, »hiermit übergebe ich euch alle Pflanzen auf der ganzen Erde ... Euch sollen sie zur Nahrung dienen!« Daß uns die Tiere zur Nahrung dienen sotted, dodevu schtoht nix i de Bibel. Sie hond denn afange Fleisch esse und Viecher opfere, aber die ganz Opfermetzgerei war en Irrweg.

Dodemit hot mer dem Schöpfer aller Kreatur ko Freud gmacht, was ibrigens au d Prophete schpäter deutlich gset hond! Alles wa de Herr-Gott gmacht hot, des hot au sin Odem, hot sin göttliche Odem. Alls wa lebt, isch göttlich beseelt. No ka mer au it sage, Tiere hetted ko Seele. Nadierlich woß ä Tier it, wa en Mensch woß, daß er nämlich ä »unschterbliche Seele« hot, aber do derf mer au froge, weller Mensch woß des eigentlich, will des wisse und wenn er mont, des sei so, wo sind denn die Mensche, wo sich dere Göttlichkeit vu ihre unschterbliche Seel bewußt sind? Isch de gröschte Teil vu de Menschheit i dere Beziehung it grad gleich wie s Vieh?

De Thomas von Aquin hot gemont, ä Tier het ko Sehnsucht noch Geischt, er hot aber au gschriebe, das Weib hett ko Seele, oder mindeschtens ä niedrigere. Und bis vor ä paar Dutzend Johr hond jo Neger au ko Seele ghet, drum hot mer se derfe uf em Markt kaufe und verkaufe. Wer woß denn vu uns so genau, ob sich ä Tier it us sim gegenwärtige Status use sehnt und au uf Erlösung wartet, wo doch de Paulus gschriebe hot, daß »die ganz Schöpfung in Wehe liegt und seufzt!« Mer moß nu mol die Menscheaffe im Zoo aagucke, no sieht mer wie traurig die sei känned und it nu deswäge, weil se i de Gfangeschaft lebe mond. Und wie mir d Viecher i de Gfangeschaft halted, bis se schterbe mond, damit se uns um so besser schmecked. Und wie mer se zum Schlachte fahred und wa mer mit ene mached, i dene Versuchsanschtalte, wo's immer wieder heißt, des sei nötig und halb so schlimm. Aber mir höred jo it, wie se schreied, no ka's jo nu halbe so schlimm sei. Ob des uns paßt oder it paßt, schpätestens seit em Darwin wissemer genau, daß mir uns us em Tier entwickled hond, daß also die Tierle unsere Gschwischter sind und d Affe unsere näkschte Verwandte.

De Konrad Lorenz hot mol gschriebe, weil mer alleweil noch dem fehlenden Übergangs-Glied vum Aff zum Mensch suecht, noch dem »Missing link«, wie's wissenschaftlich uf englisch heißt, des fehlende Glied, mont de Konrad Lorenz, des seied mir. Übrigens mont d Luise Rinser, wenn Jesus gsagt hot, »und alle Hilfe, die ihr meinen Brüdern versagt habt, die habt ihr mir versagt«, des dät doch heiße: Ich bin i jedem Lebewese, wenn ihr en Hund schlaged, schlaged ihr mich, wenn ihr ä Roß schinded, schinded ihr mich. Wenn ihr s Los vume Tier erleichtered, erleichtered ihr mei Los, do erweised ihr mir eure Liebe! Also wemmer mich froge dät, no dät i sage, daß se recht hot, d Luise Rinser, aber au de Konrad Lorenz!

ALEMANNEN- LÄNGWITSCH

Heit saged vill vu dene Schlaule
wenn se furt gond it ade.
Sie saged tschüssle oder tschaule,
s duet om grad i de Ohre weh.

Ob Max, ob Ernscht, ob Gabriele,
sie saged nimme, jo s isch guet.
Na, heit saged se okeele,
do kriegt mer menkmol grad ä Wuet.

Mer hot ko Kind, mer hot ä Baby
und hot ä Feeling schtatt me Gfihl.
Etz hock i ane und no schreib i,
i find des Leut, ä Trauerschpiel.

Ihr mond mit dene fremde Sache,
de Erfolg wird sich mol zeige,
hirnlos nu so weitermache,
no isch bald nint meh unser eige!

LIMERICKIADEN

Dem Kai Uwe Klemke sei Glick
isch ä ganze Nacht Techno-Musik.
Er zappled und schtampft,
daß er nu no so dampft,
denn kummt der erscht zu sim Kick!

Vor em Walterli Stier in Schaffhuse
duets allene Fraue glei gruse.
It weil er weng hinkt,
nei weil er weng schtinkt,
drum goht mit em kaini ge pfuse.

D Verena mecht endlich on hon,
doch sie kriegt ums verrecke it on.
weil glei jeder entdeckt,
daß se firchtig scharf schmeckt,
und solang se so schmeckt, kriegt se kon.

De Bedienung im Gaschthaus zur Traube,
duet ei Frog nu no d Seelerueh raube:
Er schnauft all so schwer,
ob des d Leideschaft wär,
de'sch sei Asthma Kind, des ka'sch mer glaube.

Wenn die Katz ...

»So hond'er s Neujohr guet agfange«, so froged om d Leit i
de erschte paar Tag im Januar und sie erwarted eigentlich ko
Antwort, weil die Frog nu so ä Redensart isch, wemmer eb-
ber trifft und mit dem ä Gschpräch afange will. Mer erwartet
hekschtens, daß der Angeschprochene denn antwortet, »jo,
jo, mer sind guet nei kumme. D Hauptsach isch jo, daß mer
gsund bliibed. Wemmer nu all Tag ufschtoh ka, wa will mer
au meh!« Des sind die Schtandard-Sätz, mit dene mer so ä
alemannische Konversazion fiire ka, ohne daß mer sich groß
aaschtrenge moß. »Jo jo, do hond' er recht«, mont denn din
Gschprächspartner, »wemmer nu all Tag no elei uf d Füeß
kunnt, wenn s Bett leer isch und de Hafe voll, no simmer jo
scho zfriede!«
Wenns etz so wär, no wär's jo guet, aber des mit dem zfriede
sei, des schtimmt halt it. Weder die Alte, no die Junge sind
zfriede demit, wenn se all Tag ufschtoh känned, des isch nu
bleds Gschwätz. Wie dät au unsere Welt ussähne, wenn alle

demit zfriede wäred, wenn se gsund sind. Wa des bedeitet, wenn de all Tag ufschtoh kasch, des merksch ersch, wenn de d Füeß numme traged. Etz wered wieder a paar sage, »wenn, wenn, wenn!« Wa heißt scho wenn? »Wenn d Katz en Gaul wär, no kännt mer de Bom nuf reite.« Dodemit will mer sage, daß des »wenn« jo it die sogenannte Wirklichkeit isch, sondem ä E-wenn-tualität.

Die kännt zwar sei, aber sie isch it, weil nämlich die Katz kon Gaul isch, also ka mer it ufere de Bom nuf reite. Mit dem »wenn« honds vill Leit iberhaupt it, weil se a allene E-wenn-tualitäte garit intressiert sind, denn »wenn des Wörtle wenn it wär, no wär de Karle en Millionär!« Er isch aber kon, de Karle und fir des »wenn« ka er sich nix kaufe.

Je noch Landschaft, hot mer bi uns no andere Weisheite uf Lager, wenns um des »wenn« goht. »Wenn de Hund it gschisse het, no hett'er de Has verrennt!« Für nichtalemannische Ohre kännt mer übersetze: »Wenn der Hund nicht sein Geschäftchen gemacht hätte, so hätte er das Kaninchen erwischt.« Mer will dodemit eifach sage, daß mit dem »wenn« nix azfange isch, weil der Hund nämlich sei Gschäftle gmacht hot, also war der Has furt, und mit »wenn« ka mer kon Hasebrote mache. Trotzdem giits au ä positivs »wenn«.

Wa war i traurig, daß i mei silbernes Meditationsringle verlore hon, wa mir die Mei zume runde Geburtstag hot mache lo. Alles sueche hot nix gnitzt, i hons eifach nimme gfunde, also uf guet deutsch verlore. Etz hot unsere Katz ufs mol ä neue Mode ghet. Sie isch i unser Schlofzimmer gschliche und hot sich am Tag uf die warm Bettdecke glegt. Mer hond se halt liege loh, aber us Versäeh mol d Schlofzimmertüre zuegmacht, no hot se nime use känne, wo se ufgwacht isch. Also hot se ihre Gschäftle i unser Schlofzimmer gmacht, und Katze mached des jo all i de hindersch Winkel, wo mer kaum anekummt zum subermache. Z mitte dinne, under unsere Ehebette hot se en Haufe gmacht, des Lueder, und do hon i doch it ufwische känne. Also hon i mööße a de Feiertag die Ehebetter usenandschraube, no isch mer ons no abenandbroche, weil en Fueß ame Bett abkracht isch. I hon s Flueche grad no verhebt, weils »kling« gmacht hot, und mei silbrigs Ringle isch am Bode gläge, s isch zwische de Better eiklemmt gsi. I war uf omol iberglicklich! »Wenn die Katz it gschisse hett«, no hett i nie des Ringle wiedergfunde! Drum hot des »wenn« au positive Seite. Mer sott sich iberhaupt it wäge jedem Scheiß ufrege, sondern zerscht mol iberlege, ob er it au sei Guets hot! En bessere Tip hett i it fir ä neu's Johr.

S Eigschtelet

So en rechte Hochsummer isch scho ebbes schäs. Mer ka bis z Nacht ume zehne rum vor em Hus, oemeds am See oder innere Gartewirtschaft under me Kaschtaniebom hocke und zueluege, wie's langsam zuenachtet. Mer moß allerdings obacht gäe, daß mer vu de Schnooke it gfresse wird, und die selle kummed eifach nu am Obed und grad denn, wenn die gröscht Hitz rum isch, wo d Hund numme platt uf em Bode lieged und hechled, und wo d Katz vum küehle Kuchebode ufschtoht, ge weng schpaziere gange und luege, ob se vielleicht it doch no ä Mus verdwischt. Aber etz grad, so am End vum Auguscht, do siehts um om rum i de Natur scho wieder ganz andersch us.
S nachtet scho vill früener, und s goht efters am Obed weng ä küehls Liftle, daß d Fraue noch em Strickjäckle verlanged und de ei oder de ander vu de Mannsbilder lässig sportlich en Pulli umhängt und mit de Ärmel en Knote vor d Heldebruscht macht. Wemmer etz am Obed weng naus i d Natur

goht, no sind die meischte Felder scho abgerntet und ab und zue blost scho ko Liftle meh am Obed, sondern scho mehner weng en Luft. En leichte Nebel keit abot scho uf d Wiese, und wer etz elei, oder mit sim Schätzle oemeds im Hegau oder am See zwische de Rebe oder de Obstböm weng abhocke will, nu i sich selber, oder i de ander nei lose will, etz grad, wo de Tag verlischt, die erschte Schternle de Sunne guet Nacht winsched, do sott mer scho ä Illustrierte debei hon. It zum lese nadierlich, nei zum drufsitze, weil mer suscht hinde glei arg naß wird.

Ä Plaschtikguckel wär no besser, die nimmt im Kittelsack it so vill Platz weg, aber wer isch hüt scho no so romantisch, daß er elei oder zu zweit wieder mol »die blaue Stunde« erlebe mecht? Hüt honds die Liebespäärle nimme nötig, daß se am Obed oemeds ä verschwiges Plätzle ussueched, wo se ugschtört sind. S giit aber iberall Usnahme, und des sind denn die selle, wo mol elei oder zu zweit barfueß durch so ä obedfeuchte Wiese laufed, it vill schwätzed und's nu eifach dief i sich inne lond, wie schä des sei ka, wenn sich i unsere herrliche Landschaft en Tag verabschiedet.

Fir ebe grad die Ziit im Auguscht, mit sine nasse Obedwiese, dem bitzele Nebel am Obed und dem Tau am Morge, hond se im Linzgau en ganz schpezielle mundartliche Usdruck, den die meischte vu de Junge allerdings nimme känned, wie se sowieso vill nimme känned, vu dere Schproch, wo d Eltere und Großeltere no gschwätzt und gegeseitig verschtande hond. Do hond se dibe, iberm See zu dem vorherbschtliche Zuschtand gset, »s eigschtelet!« Eigentlich hot des viellicht mol ganz, ganz früener gheiße, »s augschtelet«. S kummt vum Auguscht und ganz korrekt hett mer känne sage, »s auguschtelet«. S Volk und ä Landschaft präged en Dialekt aber vunim selber und mer frogt it lang, wie des eigentlich hett heiße solle. Fir selle, wo's no wissed, »eigschtelets« halt und fir mi als Wörtersammler »eigschtelets« etz in Zukunft au.

De Moner

S giit ä schprichwörtliche Redensart bi uns, die lautet: »De Moner isch en Esel!« Des bedeitet, daß oner wo mont, aber des, wa der mont, isch wahrscheinlich it so, wie der des mont, des isch en »Moner« und weil des, was er gmont hot, halt it so isch, wie er gmont hot, daß es so sei sott, isch er halt en Esel. »Mone« heißt meinen, weil mir nämlich it meinen, sondern »moned!« Wenn mir gemeint haben, hond mir gmont und wenn mir ebber froge wänd, ob er des meint, no saged mir nu »monsch?« Wenn etz ebber set, »i hon gmont«, oder wenn der sogar sagt, »i hon halt gmont«, denn liet do scho die Entschuldigung parat, denn oner, wo »halt« gmont hot, wo »halt« eben gemeint hat, der ahnt schon, daß sein »meinen« it richtig isch, er isch also ein »Moner« und die halted se bi de Alemanne fir Esel.

Mit dere Frog »monsch«, saged mir vill uf eimol. S kummt ganz druf a, wie des »monsch« betont wird. Wenn ä Mädle ihren Kerle frogt, »Monsch de ka'sch heit Obed kumme?« no klingt des ganz andersch, wi wenn ä Frau zum Maa set, »monsch der Sack Herdöpfel kummt vu elei in Kär abe?« Wenn Er aber no vum alte Schlag isch, und mont, daß d Frau fir alls do isch, wa Er it mache will, no ka's sei, daß ER mont, Er möß sage, »ha i hon halt gmont, du dätsch den Sack in Kär abe«. Wenn Er aber »halt mont«, denn woß Er ganz genau, daß des falsch isch, wa Er do mont. Er woß genau, daß sei Frau den Sack mit eme Doppelzentner it verlupft. S isch drum it verwunderlich, wenn Sie mont, »wosch wa, de Moner isch en Esel!«

Der Dialog ka aber au no weng weiter goh, wenn Sie grad guet druf isch. I some Fall mont Sie denn: »Monsch du vielleicht, du mößtesch efange iberhaupt nix meh mache i dem Hus, als esse und schlofe?« Wenn ä Frog scho so afangt, mit

»Monsch du vielleicht«, isch der Angriff scho vorbereitet. I dem unscheinbare Wörtle »vielleicht«, isch en ganze Haufe Zündschtoff. Do isch bereits dinne enthalte, »bild dir jo it ein, daß...« Monsch du vielleicht, i dät dir dei Sauerei au no ufrumme, du Schlamper, ha do hosch de aber grindlich täuscht! Monsch du vielleicht, dei Fahrrad käm vu elei zum Mechaniker? Monsch du vielleicht, mit dem Messer kännt mer des Schnitzel schneide, uf dem kännt mer jo bis uf Paris reite, ohne daß mer wund were dät!

Ja monsch etz du, i dät mir dei Gschwätz no lang aalose, des fallt mir doch it im Schlof ei. Du brauchsch garit so laut schwätze, oder monsch du, i dät nimme guet höre! Wenn du monsch, daß du no guet hör'sch, no bisch du nimme ganz gscheid! Wa heißt do, wenn du monsch, i mon it nu, daß i no guet hör, i hör no guet, wa monsch du eigentlich, wen du vor dir hosch?

Wenn denn de ander mont, »also bis etz hon i all gmont«, no kriegt die Sach wieder ä neue Wendung. Bis etz hon i all gmont, du seiesch no normal, des bedeitet, daß er zwar gmont hot, daß der oder die normal sei, daß er aber bereits gmerkt hot, daß des wa er bisher gmont hot, daß des en Irrtum isch. Sottige Wortgefechte enden denn meischtens oder mindeschtens oft, mit dem krönenden Abschluß, daß on vu dene beide Geschprächspartner mont: »Wenn du monsch, du seiesch gschiider als i, no bisch du schwer im Irrtum. Du mosch dir ons merke; wa du bisch, bin i scho lang, du Rindvieh!«

ALTERSFROMM

Wenn se denn, die alte Böck
sich fescht hebed a de Schtöck,
nume schieled noch de Röck,

weil se numme richtig sähned,
brav sind, weil se numme känned,
nu defir i d Kirch all renned,

wenn se fascht nint meh begreifed,
sich nu no uf d Moral verschteifed,
all nu s Gsangbuech umeschleifed,

no woß jeder deitlich Bscheid,
etz kummt mit hoher Gschwindigkeit
selle Altersfrömmigkeit.

It ganz normal

»Ha du bisch doch it ganz normal!« Wie oft hot mer des zu
mir scho gsagt, gset, gseit oder gsaat. Und wie oft hon i des
scho imme andere Mensch a de Kopf gworfe, weil der ebbes
gmacht oder gschwätzt hot, mit dem i it eiverschtande war.
Und wie oft bin i mit andere Leut scho hinderenand kum-
me, weil mer sich it hot druff einige känne, wa denn eigent-
lich normal sei. S hot neulich ebber den bedeitende Satz vu
sich gäbe, »normal isch, wa die meischte mached!« Des isch
it mol so falsch, aber s isch au gfährlich, denn wa die meisch-

te mached des ka under Umschtänd grausig falsch und gfährlich sei. Nadierlich kummt des Wort »normal« vu de Norm und ä Norm isch ä Richtschnur, isch ä Regel, ka au ä Vorschrift sei, oder en Maßschtab.

Wo i no i de Fabrik gschafft hon, do hot mer bim Akkord ä Norm braucht, ä Normalleischtung, als Grundlag fir de Lohn. Aber äbe iber die Normalleischtung hond se alleweil firchtig gschtritte. Die meischte hond nämlich weng langsam gmacht, wenn der mit de Stoppuhr kumme isch. Denn war äbe des, wa »die meischte« gmacht hond, weng langsamer und it normal.

I de Filosofie isch mer weng vorsichtig, do isch normal eifach nu de Norm gemäß und de Gegesatz zu anormal oder abnormal. Des Wort normal derf aber i de Filosofie it im Sinn vu vollendet, oder total ausgegliche, verwendet were, weil's nämlich den absolut normale Mensch it giit, des wär e sogenannte Fikzion.

Und wenn de do weng driber meditiersch, do kasch beinah schwermütig were, des hot's im Handumdrehe. En Freund vu mir isch Schefarzt innere psychiatrische Klinik und wenn i den manchmol frog, ob er mir sage kännt, wa denn normal sei, oder weller Mensch normal sei, no guckt mi min Freund all nu ganz mitleidig a und zuckt mit de Schultere. Sein Standardsatz isch alleweil der, daß er sagt, »die Grenzen sind fließend!« Und des mit dere Psychiatrie isch nämlich genau des, wa mir moned, wenn mir zu ebber saged, er sei it ganz normal.

Do denked mir it ane Normalleischtung i de Fabrik, beim kicke, oder uf em Tennisplatz. Wenn mir vu om saged, er sei it ganz normal, no moned mir, er sei weng näbe de Kapp, er hett weng en Schuß durch de Huet, er dei weng schpinne. Und etz kummt min Freund, de Facharzt für Psychiatrie und mont, die Grenze seied fließend. Aber je länger i als iber den Satz nochdenk, umso meh kumm i dehinder, daß min

Freund Recht hot. Wa kenn i gscheide Leut, saumäßig gscheide sogar, aber ä winzige Idee nebe dem Gebiet, wo die genial sind, do schwätzed se ein Scheißdreck, daß es om d Schueh auszieht.

Do hot mer en irrsinnige Reschpekt vor eme Professer, Doktor, Direktor oder halt eifach Fachmann uf eme beschtimmte Gebiet. Mer isch total beeindruckt und z mol kummt s Geschpräch uf Politik oder Religion zum Beischspiel, und do loßt der Fachmann Ansichte ab, daß es de Sau grauset. Je älter mer wird, um so meh moß mer bi seim Bekanntekreis sortiere und obacht gäe, iber wa und vu wa mer mit dem oder sellem schwätze ka und iber was it. Aber denn kummsch alleweil wieder mol inne Gsellschaft, wo de nix sortiere kasch. Do mosch denn nu no lose und Schtaune, wa Leut fir en Seich ablossed, wo du bisher fir normal aglueget hosch.

Grad i de Politik isches am schlimmschte. Scho wie die mitenand umgond, wa die sich gegeseitig a de Kopf werfed und wie se sich gegeseitig eischätzed und jeder im andere de guete Wille abschpricht, ha do mößt doch en hohe Prozentsatz ine gschlossene Abteilung eigwiese were. Wa isch eigentlich no normal i de Wirtschaftspolitik, bi de Bekämpfung vu de Arbeitslosigkeit, bi dem Hickhack zwische Gwerkschafte und Arbeitgeber? Do kummt mer doch automatisch zu dere Feschtschtellung: Die ganz Welt isch ä Irrehaus, aber mir sind die Zentrale!

Ka mer au so bled sei?

Hand ufs Herz, i woß wirklich nimme, wäge wa der Mensch mich gfrogt hot, aber er hot mich gfrogt, weil i ebbes gmacht hon, wo i vielleicht it hett mache solle, aber nomol Hand ufs Herz, i woß wirklich nimme, um was es gange isch. Der Mensch hot mich nämlich gfrogt, »ka mer au so bled sei?« Also daß des glei mol klar isch, des isch fir mich one vu de ernsthafteste Froge, wo's iberhaupt gibt. De sell, wo mi des gfrogt hot, der hot jo it emol die leiseschte Ahnung devu, wa die Frog in mir ausglöst hot. Normalerweis will mer jo dodemit andeute, daß de sell en Simpel isch, den wo mer des frogt. Wenn irgend ebber irgend ebbes falsch macht, no kunnt sicher irgend so en Gscheidle und set zu dem Irgendebber, »ka mer au so bled sei?« Dodemit duet der andere sei Iberlägeheit kund und macht deitlich, daß er intelligenzmäßig haushoch iber eim stoht.

Der Gedemütigte antwortet drum selte präzis uf die Frog, »ka mer au so bled sei«, sondern reagiert meistens zerscht mol gereizt, indem er zu dem Froger sagt, »halt doch au du dei Gosch«, und wemmer grad bsunders guet druf isch, no fügt mer no dezue, »du hosches grad nötig du!« Mer bedeitet dodemit dem Froger, daß er au it Schuld dra isch, daß s Pulver glepft, daß er de tiefe Teller au it erfunde hot, daß mer genauso schlau isch, wie er. Etz bi mir isch des ganz andersch. Im Augeblick, wo mi ebber frogt, »ka mer au so bled sei«, reagier i zwar meistens au emozional, des heißt gefühlsmäßig, und mei Gfiihl set mir augeblicklich, daß der Froger au it gschiider isch als i bin.

Hon ich mich zum Beispiel ugschickt agschtellt, weil der so dumm frogt, no ka's passiere, daß i noch dem alttestamentliche Grundsatz »Zahn um Zahn« reagier und sag, »leck mi am Asch, mach's doch selber, wenn du's besser kasch!«

Aber kaum hon i diese Sünde wider die Näkstenliebe began-
ge, fangts denn im Hirn bi mir a rattere, und denn kummts
mer augeblicklich, daß i uf die Frog, »ka mer au so bled sei«,
hett antworte müeße: »Jo mer ka!« Immer aber, wenn i des
denn sage möcht, isch der Froger nimme do, sondern zue-
gloffe und ka mei positive Antwort nimme höre. Mer moß
eifach wieder mol driber nochdenke.
Es isch unglaublich, wie bled mer sei ka, wenn's druf aa-
kummt und andauemd kummts oemeds druf a. I hon scho
mol en ganze Tag lang Strichle gmacht, wenn i mi debei ver-
dwischt hon, wie i ebs bleds gset, gmacht, oder au nu im
Hirn vor mi hi denkt hon. S isch ä Kataschtroph, wievill Bled-
heit i om steckt, wo all Tag irgendwo usepfuuzget, und zwar
total unkontrolliert. Aber wer hot sich scho de ganz Tag un-
der Kontroll, do käm mer jo zu nix meh, und mer hot bi-
goscht jo au no andere Arbet, alls nu alleweil uf sich ufpasse.
Mer sott aber weng uf sich ufpasse, denn wemmer d Kontroll
iber sich selber verliert, no isch dere Bledheit Tür und Tor
g'öffnet, no ka se, wie se i de Psychologie saged, frei flottie-
re, und wenn bei vill Leut die Bledheit frei flottiert, und sie
flottiert ringsrum, no ka mer nu no anestoh und froge: »Ka
mer au so bled sei?«

Nix wie Bledsinn

»Nix wie Bledsinn hosch du im Kopf!« Den Satz hon i im
Ohr, bis i schtirb. Des war on vu de Schtandardsätz vu mine
Eltere soweit i mi z'ruckerinnere ka. Der Satz hot mi denn
durch s ganz Läbe begleitet und eigentlich ka i sage er sei
hüt no i mim Hirn, inegmeislet wie d Buechschtabe uf eme
Grabschtei. Immer wenn i hett solle Ufgabe mache oder uf

92

de Handharmonika üebe, hett aber gern ebbes anders gmacht, no hots gheiße, »nix wie Bledsinn hosch du im Kopf«. Korrekt hett des eigentlich heiße möße »als« im Kopf, und it »wie«, aber so genau nimmt mer des bi uns it eso. Mit dem »als« und dem »wie« schtond mir sowieso uf Kriegsfueß. Wie oft scho hot mich ä Nordlicht ganz liebenswürdig druff ufmerksam gmacht, daß des »höher als« heißt, aber »so hoch wie«. Bim näkschte mol hon i's halt wieder falsch gset. Wenn denn wieder ebber gmont hot, es sei grammatikalisch falsch, was ich da sage, denn sag i bis hüt no, »so wie i schwätz, isch's grammatikalisch!« Des isch nämlich en ganz bedeitende Satz, und den hon i vu sellem Dino Larese, dem große Kulturpapscht vu Amriswil. Den hond se mol gfrogt, was und wo denn Kultur sei. No hot der nu gmont, »überall wo i bin, do isch Kultur!« Des isch Selbschtbewußtsein und kon Bledsinn im Kopf, aber s isch halt en wiite Wäg, bis mer so ebs vu sich selber sage ka. Vu de erschte Klass bis zu de letschte, hon i des Sätzle unendlich vill mol höre möße, weil's mir oft so schwer gfalle isch, all nu dem Lehrer zue'zlose.

Mei Hirn isch halt all wieder mol weng schpaziere gange und immer wieder mol hond se mi verdwischt, wenn i in Gedanke wo andersch gsi bin. Debei hon i villmol richtig guete und ernschthafte Gedanke im Kopf ghet, aber die Welt der Vorgesetzten haltet alles für Bledsinn, wa mer im Kopf hot, wemmer de Kopf it do hot, wo die moned, wo mer'n etz grad ho sott. S isch i minere Lehr it andersch wore und mine Vorgesetzte hond de gliich Schpruch druf ghet, mit dem Bledsinn im Hirn. I hon oft vor mich hi denkt, wa des blos fir blede Lüt si mößed, dene nix anders eifallt, als daß i nu Bledsinn im Hirn hett. Allmählich isch mers kumme, daß mei Fantasie größer isch, als d Fantasie vu sellene, wo all moned, i hett nu Bledsinn im Hirn.

Vill vill schpäter bi i denn oft am Schreibtisch ghockt und

hon möße beruflich Sache uusdenke, wo en schiere Blesinn wared, damit d Lüt den Bledsinn glaubed und kaufed. Voll Sehnsucht und Homweh noch de Freiheit hon i denn als de Kopf dreht und denn hon i de Hohentwiel gsäne, aber manchmol war der Klotz wi ä Bremse für mei Fantasie. Denn hot mir en befreundete Fliegermajor mol ä Foto gschenkt, wo er grad mit sinere Aufklärungs-Phantom iber de Schwarzwald dunneret. Des Foto hon i eigrahmt und a die Wand iber mim Schreibtisch ghängt. No bin i im Geischt mit dem Freund uf zehtausend Meter hoch gschtiege, bis mei Firma mitsamt de ganze Stadt nu no ä Fleckle war und mit zuene Auge hond mir do dobe am Himmel umenandturnt und i hon fir Minute vergese, wa id do unde fir Bledsinn mache moß.

Hot mer etz i some Augeblick »nix wie Bledsinn im Kopf«, oder isch des, wa mer ase wach träumt, s eigentliche Läbe, und des wa mer mache moß, daß mer läbe ka, des isch de eigentliche Bledsinn! Offe gschtande, i hon hüt no vill Bledsinn im Kopf, aber den bruch i dringend zum Läbe, sowieso etz grad i dere Ziit, wo's all bleder wird, weil se kon Bledsinn meh im Kopf hond, wie d Kinder, wo se nu no Bledsinn mached, aber schtreng dra glaubed, der hett ebbes mit Vernunft z'tued, ihren Bledsinn!

»Weil sie it do war« . . .

S isch jo scho wohr, so ä normals Läbe, des plätscheret so vor sich ane, und mer kännt sage: »S isch all s gliich.« Wemmer denn aber mol weng genauer anelueget, no schtimmt des hinde und vorne it. Wo mer doch na guckt, isch irgend ebbes, wo de Himmel hebt, wie se bi uns saged. Do isch ebber gschtorbe, dert isch ebber schwer krank, do isch oner arbeitslos und ebber ander schtoht vor de Pleite. De ei oder die ander suft, wieder andere sind depressiv. Ebber landet im Rollschtuehl und andere hond ä behinderts Kind. So ganz glatt laufts eigentlich kaum bi ebber iber längere Zeit. Und doch giits en Hufe, dene wo's langweilig isch, sottige wo vor lauter Langweile nu no vor de Glotzkischte hocked. Dert isch jo alleweil Äktschen. Do wird alle Tag zeugt, gschosse, dotgschlage, enand blooget, und me hot no Begleitmusik dezue. Nu isches halt so, daß om des uf Dauer au wieder schtinkt, all nu Sex, schieße, dotschlage und enand blooge. S giit jo vill Lüt, die schlofed ei, wenn im Fernsäeh it grad wieder mol fimf verschosse wäred. S giit ko Rezept, wie s Läbe weng schpannend sei kännt, wemmer it vu selber dehinder kummt.

Was ä Läbe aber immer wieder wengele schpannend macht, isch halt noch wie vor die Ehe, oder wie mer heut set oder seit, ä Partnerschaft. S giit nix Schpannenders, als ä Läbe zu zweit, wenn die Sach nimme so lichterloh brennt, wie i de erschte Zeit. Mer hot sich scho lang anenand gwöhnt, s isch scho weng langweilig, weil beide it so arg vill Fantasie hond. Die Temperament sind meischtens au it bi beide gliich, trotzdem, oder grad deswäge ka die Partnerschaft oder die Ehe immer wieder ä schpannende Sach sei, und zwar denn, wenn die beide enand wie mer so sagt, »auf de Wecker« gond.

Wenn ons s ander uf de Mond schieße kännt, no isch wieder Läbe i de Bude, no wirds am End wieder schpannend. Die Bledschte sind selle, wo denn glei usenandlaufed, wo ons im andere devu rennt. Guet dra sind die selle, wo enand ushalted, au wenns abot Funke giit, wenn se weng z noh anenand ane groted. Luschtig isch au, wenn on Teil weng ruhiger isch und de ander Teil weng läbiger.

Do hon i ä herzigs Gschichtle erlebt, vumene Ehepäärle, wo

er meh de gsetzte Teil isch und sie scho weng ä Raguschter, wie's bi uns heißt, also bitzele ä Umtriebige. Etz sind se zämme i d Ferie as Meer gfahre zum weng Wandere, weng Schwimme, weng Usschlofe, eifach sich weng erhole. Mer isch fescht gloffe und gschwumme, aber des Feriehüsle war halt arg klei, mer isch scho ä weng eng ufenand dobe ghockt. Er hett so gern abot weng gschlofe, aber do war z vill Umtrieb und denn isch us dem Schlofe nix wore. Bis denn der Tag kumme isch, wo jeder ebbes anders gmacht hot, und sie gmont hot, sie dät hüt mol de ganz Tag im Strandkorb liege. Richtig erleichteret hot er gmont, no dät er mol so richtig schlofe, und so hond se's denn au gmacht.

Wo mer ihn denn gfrogt hot, ob er hett guet schlofe känne, no hot er nu gset, nei er heb ko Aug zue gmacht. Jo wieso denn it, hond sine Freund wisse welle, etz het er doch mol sei butzte Rueh ghet. Not hot er nu ganz trocke gmont, er heb it schlofe känne, »weil sie it do war!« So ebbes zeiged se halt im Fernsäh it, wenn's um Liebe goht. So Gschichte schriibt nu s Läbe, und s Fernsäh isch halt it s Läbe.

D MAMME

Mer schwätzt vum »Mutterherz« allewell so gschwolle,
debei giits Müettere, die sott de Deifel hole.
Mer sotts it glaube, aber s schtimmt in gottsname,
nu sind des it selle, wo mir moned mit »Mamme!«

So ä richtige Mamme, die ka'sch it beschreibe,
des goht it uf Papier, drum loß i's au bleibe.
Mamme isch alles andere, als so ebbes »Flottes,«
drum verehred au vill no die sell Muetter Gottes.

Millione giits, die sind längscht bankrott
in Bezug uf en Glaube, do isch nix meh mit Gott.
Aber en Hufe vu dene, ka'sch denn wieder finde,
elei innere Kirche binere Kerze aazinde.

Wenns ernscht wird und klemmt, suechsch alls wieder
    zamme,
no gohsch it zum Babbe, no gohts zu de Mamme
und s Bescht isch halt d Mamme, daß es etz nu grad wosch,
drum kimmere dich um se, solang se no hosch!

Mached eu alleweil wieder uf d Socke,
lond lieber alls liege, aber lond d Mamme it hocke.
Wenn se gschtorbe isch, Büeble, no isches z schpot,
no pass uf, daß di s Schicksal it au »hocke loht!«

Hallo Maus!

Mer schwätzt jo it so gern driber, aber warum mer des The-
ma verdränge sott, des sieh i au it ei, denn s isch gottsname
halt ä Thema und iber ä Thema ka mer doch unscheniert
schwätze, oder it! Also des isch so: I de letschte Ziit hon i all
wieder mol Erscheinunge ghet. Nei nei, kone ibernadierli-
che, sondern ganz nadierliche, nämlich Alterserscheinunge.
I vergiß mol des und vergiß mol sell. Noch iber vierzig Johr
hon i etz s erscht mol de Namenstag vu minere Frau verges-
se, obwohl sie mi a dem Tag zum Esse eiglade hot, aber mir
isch ko Licht ufgange. Und grad bi dem Esse hon i wieder so
ä Erscheinung ghet, die war mir meh als peinlich.
Wenn ebber so richtig freundlich lächlet, no bild i mir alle-

weil ei, der oder die lächlet wäge mir und ebe grad des isch au ä Form vunere Alters-Erscheinung. Also do sitzed mir i dem Lokal, die Mei und i und zwar zu zweit elei ame Tischle. Direkt vor mir isch en lange Tisch und a dem feieret ä große Familie irgend ä Fäscht. Mir direkt gegeniber, aber mit mindeschtens fimf Meter Abschtand, sitzt des Familien-Oberhaupt, en Maa so ungfähr i mim Alter. Direkt vor mir aber, grad anderthalb Meter, sitzt ä Butzele ime Stüehle, aber des hon i glatt ibersäeh, weils so klä war, daß es it emol s Köpfle iber die Stuehllehne use gschtreckt hot.

Etz moß mer wisse, daß min uralte Freund Herbert, wo in Bad Krozinge wohnt, daß der scho iber dreißig Johr, wenn er mich sieht, oder wenn er am Telefon isch, all nu set, »Hallo Maus!« Niemerd uf de Welt set »Maus« zu mir, nu min Freund Herbert z Bad Krozinge. Aber uf omol guckt mich der Familie-Vorschtand, mir gegeniber am Tisch, guckt der mich ganz lieb a, lächlet so richtig treuherzig und rueft zwei, dreimol hinterenand »Hallo Maus!« Des war die Erscheinung.

I hon de Maa it kennt und s hot mi schier de Schlag troffe, wo der iber de ganz Tisch num rueft, »Hallo Maus!« Blitzartig isches mir durch s Hirn gschosse, ha wer isch etz au des, woher woß etz der Maa, daß ebber »Maus« zu mir set? Des set doch nu oner uf de ganze Welt und des isch min Freund z Bad Krozinge. Vielleicht kennt der de Herbert und der hot ihm verzellt, daß er zu mir »Maus« set. Uf alle Fäll hon i ganz freundlich glacht, num glacht zu dem Familien-Vorschtand und hon sogar mit de Serviett wengele zu ihm num gwunke. Do rueft der nomol zu mir num, »Hallo Maus« und i ruef zruck, hallo, hallo, aber do lacht der Familien-Vorschtand nu laut und rueft durch s ganz Lokal: »Nei Nei, des gilt it ihne, des gilt unserm Butzele, des isch doch unser Mäusle!« Etz hett eigentlich jo i lache solle, aber i war richtig konschterniert. Nu die Mei hot glacht und gmont, »ha ä Mäusle bisch etz grad nimme und wenn ebber hallo Maus rueft, no mont er beschtimmt it dich!« Mit eme hochrote Kopf bin i denn ufgschtande und zu dere Familie a de Tisch und hon e ne verzellt, daß min Freund Herbert z Bad Krozinge halt scho ä Lebe lang »Hallo Maus« zu mir set. Mer hond denn alle firchtig lache mößte, aber mir war klar, daß des wieder mol so ä »Erscheinung« gsi isch.

Dicke Luft

Wemmer irgendwo ane kummt, und s isch »dicke Luft«, no ka om des richtig uagnehm sei. Wemmer nu ä klei weng ä Gschpür hot, fir die zwischenmenschliche Atmosphäre, no merkt mer au sofort, daß ebbes it stimmt. S isch tatsächlich so, daß sich d Luft om schwer uf d Bruscht legt, wie wenn se it nu Luft wär, wenn se wie Brei wär, und zu dem Zueschtand vu de Luft saged se »dicke Luft«. Do bisch eiglade, bime Ehepaar, und die Mei und i wäred ganz herzlich begrüeßt, aber wie i gsäeh hon, wie Sie Ihn aaguckt hot, des hot mir signalisiert, daß ebbes it schtimmt mit dene zwei. Mer isch denn weng im Zimmer umenandgschtande und nochere Weile hot mer denn au anehocke derfe, aber mer hot eifach s Gfiihl ghet, daß do ebbes i de Luft liit.
Sie isch denn schnell i d Kuche verschwunde, hot aber vorher gset, »ich bin in einer Sekunde wieder da«. Er isch no schnell in Keller, weil Er uf omol gmerkt hot, daß der Riesling doch it s richtige wär. Wo denn Er und Sie schnell dusse wared, und die Mei und i elei i dem Zimmer ghockt sind, hond mir zwei uns wie uf Kommando aaguckt, und i hon ganz leise durch mine Zäh pfiffe. Wenn i leise durch mine Zäh pfeif, denn bedeitet des, au do schtimmt ebbes it. Mer

isch denn nochere Weile doch no beinand gsesse, bis es gschellet hot und denn isch no ä Ehepaar kumme, denn waremer sechs. Des Ehepaar und mir zwei sind i de Sessel gsesse, s Gaschtgeber-Ehepaar i zwei noble Stüehl mit hohe Lehne. So ganz guet hommer uns alle sechs it kennt, und denn schwätzt mer halt weng, daß es schwätzt, wie's so isch, bi de bessere Leit. So en Smalltalk ka menkmol saumäßig aschtrengend sei, s kunnt druf a, mit wem mer smalltalke moß. Nüssle hots gäe, Stengele hots gäe, Pralinee sind ime Schälele gsi und anstatt em Riesling war en Müller-Thurgau i de Gläser. S Gaschtgeber-Ehepaar hot sich gegeseitig nie agschproche. Mer hot ganz deitlich gmerkt, daß zwische dene zwei »schtille Mess« gsi isch. De Hausherr und der andere Maa hond denn ä Thema gfunde, wo's zwische dene ganz guet gloffe isch. Sie honds vu de Wertpapiere ghet und do verschtand i so vill devu, wie ä Kueh vume Traktor. Die Dame des Hauses isch inzwische is Gschpräch kumme mit dere anderen Dame, weil se die Preise vu zwei Butike vergliche hond und entsetzt wared, wa do fir Underschied seied, die »qualitativ in keiner Weise gerechtfertigt seien!« Zwische dene Wertpapier- und Butikgschpräch hond sich die Gaschtgeber abot mol blitzschnell aaglueget, aber wie! Wenn Blicke töten könnten, wäred allbeid ase tod umkeit.
Ä Woch schpäter hot die Mei und i erfahre, wa los gsi isch. Er isch dehinder kumme und Sie isch dehinder kumme und beide hond gmont, daß de ander nie dehinder kumme dät, und a dem Obed, wo mir kumme sind, do hots glepft. Die Mei hot intressiert zuegloset, wa des fir en Skandal mit dene Butike isch und i bin a de Büecherschrank gloffe und hon mer den dekorative neue Grass use gnumme. S wared no vill Blätter zämmebäbt, mer hot en also nu ghet, aber it gläse. Etz hon i jo ä Thema ghet. »Wa saged sie zu dem neue Grass«, hon i gfrogt. Die Dame des Hauses hot gmont, der

sei »entzückend« und die beide Herre hond mit mir iber ä Schtund iber de neue Grass diskutiert. Kon vu uns drei hot en glese ghet, aber bim Smalltalk kummts it so genau druf a. Im hom hot denn die Mei nu gmont, »etz hommers wieder mol fir ä Johr hinder uns« und i war dere Meinung, »jo, s war herb gnueg!«

Wieso regsch di au glei so uf?

»Wieso regsch di au glei so uf?« Des froged om meischtens die selle, wo de Grund defir sind, warum mer sich ufregt. Dabei reg i mi iberhaupt garit uf. I reg mi ersch uf, wemmer mi so bled frogt, wieso i mi all glei so ufrege dät. Meischtens sag i denn, »i ka mi ufrege wenn i will und iberhaupt bin i garit ufgregt!« Denn mont aber de sell oder die sell, wo mont, daß i ufgregt sei, »wieso schwätzsch denn so laut, do merkt mer doch dra, daß de di ufregsch!« No sag i halt: »i schwätz laut, weil i mi engaschier und i engaschier mi alle-weil und wenn i mi engaschier, no schwätz i gottsname weng lauter als suscht!« S ka sei, daß denn der oder die an-der mont, Er oder Sie däted sich au engaschiere, aber wenn on laut were dei, no sei des ko Zeiche dodefir, daß der sich engaschiert, sondern en Beweis defir, daß der sich ufrege dät. Und ebe grad denn isch bi mir der Punkt erreicht, wo i mi wirklich richtig ufreg. Der oder die sell, wo mit mir do grad schwätzt und mi so bled frogt, wäge warum i mi so ufrege dät, die schwätzed meischtens leise, aber sie ghöred it zu dene Mensche mit eme leise Charakter.
Die wo i mon, die schwätzed it leise, weil se sanft sind, na na, des sind die hälingene hinderfotzige Lüt, mit dene schmale Lippe, wo it emol ä Fürzle dure ging, wenn se's it

duregoh lo wetted. Die sind so richtig beherrscht, wenn se mit om schwätzed. D Stimm isch leise und sie sind absolut ruhig und mer kännt fascht mone, sie seied gelassen, aber grad des sind se ebe it. Die känned om ganz leise, ganz ruhig und ganz beherrscht, Sauereie a de Kopf werfe, daß es om i de Ohre nu so schellet. Die känned om ohne jegliche innere Erregung zur Sau mache, om de Roscht abetue und om verkleifüegle, bis mer zmol zume Nint wird. Und des ohne, daß se nu ä onzigs wüeschts Wort saged. Die känned om fertigmache und om uf ä ganz fürnehme Art und Weis uf de Seel umetrample. Und des isch ebe des hälingene, des schmallippige hinderfotzige! Die känned om kränke und weh tue, daß mer sich krimmt wie en Wurm und wenn se merked, daß mer nu no en Wurm isch, no mached se om no gar zumene Würmle. S giit Maane wo so sind, s giit aber au Wiiber gnueg, wo so ä Art hond. Wenn denn no so en fromme Augeufschlag dezue kunnt und zwischedinne no so ä Seufzerle, mit dem Zuesatz,»mer mont's jo nu guet«, des isch denn der Augeblick, wo mei Pfännle so heiß wird, daß is numme verhebe ka.

Denn polderets meischtens us mir use, wie wemmer en Hochofe aasticht. Aber denn kummt ebe vu de andere Siite die saublede Frog,»warum regsch di au alleweil glei so uff?« I hon denn fascht immer die richtig Antwort parat, aber mer derf it alls schriibe, wa mer im Herz und im Hirn hot. I mag halt am liebschte selle Lüt, wo om ihre Meinung au engaschiert sage känned, wo it lang um de Brei rumschwätzed, au wenn se Wörter verwended, wo die bessere Lüt it fir »fein« halted. Wa isch des wunderbar, wemmer Lüt um sich rum hot, bi dene jeder woß, wo mer dra isch. Die selle, wo ganz leise ihre Bösartigkeit serviered, aber so mit'ere noble, gschliffene Sproch, die mani it eso. Am liebschte simmer die echt Leise, selle wirklich Sanfte und Verhaltene, bi dene mer vu elei au leise und sanft wird, wemmer um se rum isch und mitene schwätzt. Die sind aber ganz ganz selte. Mer trifft vill ehnder uf die ander Sorte und bi de sottige reuts mi fascht nie, wenn i wieder mol weng laut wore bin.

PARTNERSCHAFT

Sie liebed sich itte
und nix loht sich me kitte.

Sie sind heillos verschtritte,
do hilft au ko bitte.

Sie hond anenand glitte,
etz isch Sie entglitte

und wohnt etz in Witte,
so sind heit die Sitte.

Schnee vu geschtern

Mer känt jo lache, wenn's it so ernscht wär, aber ausgrechnet a de Fasnacht kumm i meischtens is filosofiere. Die tiefschte Gedanke kummed mir komischerweis mitte im Bledsinn. I mecht des etz mol amene Beischpiel eschpliziere. Bsunders des Johr hon i en hufe Lüt troffe, wo iber-einschtimmend alle gmont hond, die Fasnet sei scho lang numme des, was se früener mol gsi sei. Wenn i denn weng so gfrogt hon, wenn denn des »früener« gsi sei, no hond fascht alle gmont, ha »zu unsere Zeit!« Zu om hon i denn nu gset, »du, etz wirsch alt!« Nadierlich war vill andersch, wo on, wo hüt siebzge isch, wo der no zwanzge war.

S Problem vu dene ältere Herrschafte isch aber halt des, daß ihne früener alles des Schpaß gmacht hot, wa hüt die Junge mached. Weil sie des aber numme mache wänd, weil's etz kon Schpaß meh mache dät und weil mer's numme ka, halted se des fir Bledsinn, wa die Junge treibed. Sie hocked uf ihrem Alter, wie en Jäger uf sim Hochsitz, und gucked obe abe, wie die Rehböck ihrene Rehle umenand jaged. Des isch etz nadierlich weng ä einseitige Betrachtung. S giit gnueg Alte, wo sich ä ghörige Porzion Jugendlichkeit bewahrt hond, aber des mit dere Altersweisheit isch trotzdem weng so ä Sach. Die meischte wäred grätig und bräselig und wenn se oemeds wared, no kummt fascht immer der Schpruch: »Des war früener, zu unsere Zeit halt scho no weng andersch!«

Etz giits aber au no ä sogenannte Mittellage, wa s Alter betrifft. Des sind selle um die fufzge umme. Wenn heit ä Frau oder en Maa i sellere Altersklasse im Gschäft bi irgend enere Gläegeheit erklärt, »mir hond des so glernt«, denn ka's passiere, daß die oder der Betreffende den Kernsatz vu de heut nochrückende, dynamische Managerdegenerazion z höred kriegt: »Das ist doch Schnee von gestern!« Ob im Büro, i de Werkschtatt, oder i de Fabrik, de Konferenzzimmer und i de Redakzionsschtube, iberall ka mer de Satz hüt höre. »Schnee von gestern« isch so ziemlich alles, wa heut »out« isch und wa isch hüt it out?

Wa geschtern no prima war und sich weiß Gott wie lang bewährt hot, ka mer heit vergesse, isch »Schnee von gestern«, isch ab sofort Bledsinn und wird oft durch e neue Methode ersetzt, wo en halbswegs erfahrene Mitarbeiter vu hundert Schtund weit sieht, daß des de totale Bledsinn isch, weil der Schnee von heute meh Arbet macht, nomol so lang daueret, im Endeffekt nix bringt, aber bedeitend meh koschtet.

Mit dem »Schnee von gestern« ka mer aber vor allem dere Frau oder dem Maa im mittlere Alter richtig klar mache, daß sie Auslaufmodell sind, kon Durchblick meh hond und sich am beschte langsam druff vorbereite däted, daß mer sie in Kürze nimme brucht. Mer goht mit dene rüschtige Endvierzger und Afangsfufziger oft it grad so um, wie se's verdient hetted, weil ebe au de Umgangston »Schnee von gestern« isch. Do hond manche denn scho Recht, wenn se moned, »des war zu unsere Zeit scho no andersch!«.

Mir hocked!

Wenn oner glaubt, daß unsere Mundart ä eifache, jo scho fascht ä primitive Schproch isch, denn hot der ko Ahnung, wie kompliziert und intelligent unsern Dialekt isch. Mir »sitzen« beischspielsweis it, mir »hocked« nämlich. S isch grad egal, wo mir hocked, sitzen duet unsereins it. Zwar ka's passiere, daß mir wieder mol on sitze hond, aber des nu deswäge, weil mir oemeds z'lang g'hockt sind. Selle Hocker hond efters on sitze, weil en Hocker oner isch, der hocken bliibt, anschtatt er beizeite hom goht. Hocked mehrere Hocker binenand, denn isch des ä Hockete und des isch ebbes gmüetlichs, au wemmer nu uf Hocker hockt, anschtatt uf Lehnschtüehl.

So en Hocker zum druff hocke, isch en Schtuehl, wo ko Lehne hot und sottige Hocker schtond meischtens i de Kuche, und i de Kuche uf eme Hocker hocke, ka au richtig gmüetlich sei, wenn's no ä Kuche isch, wo mer Platz zum hocke hot.

Hocke bliibe ka mer i de Schuel, wemmer vor luter Bolle s Klasseziel it erreicht, also it versetzt wird. Wenn aber en Maa us de Beziehungskischte, also us sinere Partner- oder Freundschaft d Nägel usezieht, no hot er sin Schatz, oder sei Tussi hocke loo. No hockt se denn solang do, bis wieder so en Kerle kummt, und wenn'ere der it schmeckt, no loot Sie ihn hocke, no schtohts wieder 1:1. Wer früener it verhürotet war, isch hocke bliebe, wie en zähe Schnupfe, denn so on isch verhocket.

Gescht z'obed bisch wieder furtg'hockt, bis z'Nacht ume drei, set Sie zu Ihm und Er frogt Sie am andere Tag, wenn Sie um halbe eins z'Mittag hom kummt, anschtatt ume zwelfe, »wo bisch au so lang wieder ghocket«? Denn ka Sie sage, »wa heißt do wieder, des isch no nie passiert, daß i bis um halbe eins furtghockt bin«! Des blede »wieder« regt om sowieso uf.

Wenn's i de Kuche weng bräselig schmeckt, und i frog die Mei, »sind dr d Herdöpfel wieder aaghockt«, no tönt's denn zruck;»Mer kännt grad mone, de mößtesch all Tag aabrennte Herdöpfel esse. Nix isch aaghockt, nu weng dunkel sind se wore«! Wenn mer frogt, wo isch au de sell Klitzke, wenn denn die Antwort kummt, »ha der hockt doch scho drei Monet«, no isches klar, daß der sitzt.

Umkehrt hört sich's a, wenn so en Kerle mont, er möß sinere neie Bekanntschaft scho am erschte Obed noch de Öpfele lange. Wenn se ihm denn one schmiert, daß es glepft, no ka Er zunere sage, »aber die sitzt«! Verzellt Sie des de Freundin, so set se zu dere, »mon Dorle, die hot G'sesse«! I dem Fall hot se it g'hocket.

Wo aber im Gschäftsläbe oder au suschtwo vill Lüt uf engem Raum sind, do hocked se ufenand dobe und des ufenand dobe hocke isch it so guet firs Zämmeläbe. Will ebber ebbes vu om, und mer macht's it gern, macht's aber am Schluß doch, no heißt's »gang hock de naa, no mach i's halt«. Etz hör i aber uff, weil i vu dere Schreibtischhockete scho ganz schtärg bi. Etz gang i zum Heinz, no hockemer weng is Cafe!

Ohreringle

Eigentlich lebt unsereins alleweil i de falsche Zeit. Wenn i so dra denk, wa mer alls hot it mache derfe oder solle, weil's ä Sünd war, oder weil's sich »it ghört« hot, wo mir no jünger wared, no kännt mer scho weng neidisch werre uf die naufjutscher Generazion. Wa die hüt alls mache derfed und wa se alls mache känned, do hond mir it emol devu träumt. Hüt aber, wo mir devu träume kännted, do goht des nimme, do isches schlicht und eifach z schpot. Dodefir hond die Junge etz kone Träum meh, sondern »Naufjutscher«. Des isch ä Schlagwort us em englische und heißt sovill wie ko Zukunft. Manchmol hond se au nu deswege »Naufjutscher«, weil se null Bock hond und des bedeitet, sie hond Luscht zu nint. Hüt küssed se sich scho mit zwelf uf de Schtroß und hond de Glimmstengel i de Gosch, wenn se vu de Schuel hom kummed. Wenn mir im wehrfähige Alter, oder als Soldat im Urlaub noch de Maiandacht vor de Kirch mit eme Mädle gschwätzt hond, no hot de Pfarrer des Mädle kumme loh und hot zunem gseit, »des ghört sich it!«
Vu wäge Händle hebe und schpaziere goh, wo's Lüt ghet hot! Do hetts doch sofort gheiße, »daß die sich it schämed!«
Ha wa und die Pille! Kinder hot mer kriegt, oder beichte möße, man häbe den Kindersegen verhindert. Oder zämme zieh, vor de Hochziet! S Lumpepack hot sich des leischte

107

känne, aber wer hot welle scho Lumpepack sei? S war so ziemlich alls verbote, wa au nu ä klei wengle schä und menschlich isch. Etz hond se alls und derfed alls und sind ersch it glicklich. Obwohl de Mensch hüt in Freiheit lieben derf, daß d Federe flieged, umso wüeschter und bösartiger wird er mit andere. Sie bringed sich scho um i de Schuel und trotz Sexualkunde und kinschtlerischer Freiheit im Kino und im Fernsäeh haut's eifach irgendwo it ane und sie laufed enand devu, wäge nint und wieder nint, wie d Sau vum Trog. Aber wie gseit etz, wo mer vill dirft und kännt, wemmer wett, etz derf mer nimme welle, weil sich's it ghört, weil mer nämlich z alt dezue isch.

Wa hon i mei Kusinle beneidet, wo's zu de Konfirmazion die erschte Ohreringle kriegt hot. Wa hett i drum gäe, wenn i au hett Ohreringle trage derfe. Heit traged d Männle Ohrering, als ob des scho alleweil selbschtverschtändlich gsi wär. Und d Mädle und d Fraue, die tond sich etz no Ringle i d Nase, as Mul und im Fernsäeh hond se neilich zeigt, daß es Wiiber giit, die hond Ringle no oemeds ganz andersch.

A de Finger hot mer hüt ko onzig Ringle meh, sondern a jedem Finger zwä, wie die Dame, wo i hüt Morge anere Ladekasse gsäeh hon. Etz kännt i doch au mol ä Paar Ohreringle ine tue, oder it? Won'i des die Mei gfroget hon, wa se dezue mont, und i frog se alleweil, wa se dezue mont, wenn i ebbes Neu's vor hon, do hot die sich uusgschüttet vor lache. Wieso sie etz ausgrechnet so bled lache müeßt, wenn i mir Ohreringle leischte wett, hon i gfrogt. No mont die Mei, »des ghört sich doch it fir so en alte Esel!« Des sei ebbes fir die Junge und i sei us dem Alter allmählich husse. Schließlich dät i mi blos lächerlich mache. No hon i se aber aapfuzget und wengle laut zunere gseit: »S isch denn scho weng komisch mit unsereins. Früener hot sich's it ghört, weil mer ko Mädle war und hüt ghört sich's it, weil mer z alt isch, des isch doch ä Sauerei. Also wenn ebber naufjutscher hot, so sind's it die Junge, sondern die Alte. Unser ganzes Lebe war nauf-fjutscher und etz, wo i weng fjutscher ho kännt, mit mine Ohreringele, etz isch ersch wieder nint. Du hosch doch nu null Bock uf die Ringle!« No hommer beide nint meh gschwätzt und de »Kommissar« aaglueget ...

FÜR-SORGE

Jessesna, etz liit die Oma
scho drei Woche lang im Koma

und sie hot bei Tag und Nacht
ko onzigs mol ä Aug off gmacht.

Schnufe duet se all Tag leiser,
sie hot en Bauplatz und drei Häuser!

Mager, daß se kon meh kennt
und niene isch ä Teschtament.

Dem Personal vum Krankehaus
macht des nadierlich garnix aus.

Mei Schweschter froged all, die Kueh,
»hot se all no d Auge zue?«

No heißt's denn blos, des wird so bleibe,
wie soll die s Teschtament do schreibe?

Sie hot ä Schläuchle i de Nas
und ame Gschtell, do hängt ä Glas.

In Arm lauft etz ä Infusion,
i bin de Ältescht, ihren Sohn,

aber mir sind halt zu dritt,
mein lieber Mann, do machsch was mit.

Sie wird doch it, wa meglich isch,
no schterbe, ohne so en Wisch!

Geschtern hot mer se versäeh,
die Teilerei, des wird ebs gäe…

De Deifl holt mi

Mer kriegt jo mit seim Ehepartner meischtens Krach wäge
nint und wieder nint. Bi uns zwei isches wenigschtens so. S
hot wieder mol agfange, wäge some blede Igmax-Glas. Ig-
max isch Eingemachtes, oder Marmelade, und i hon blos
zunere gset, sie soll doch bigoscht endlich mol kone
gschwungene Igmax- oder Marmeladegläser meh kaufe,
sondern grade, weil bi dene gschwungene Gläser s meischt
hange bliibt und bi de glatte bringt mer s Igmax vill besser
use. Aber wie's halt so isch, am Morge, die Mei war no it
kritikfähig und hot gmont, des sei jo lächerlich und ob sie
mir zeige soll, wie mer des macht und ei Wort hot s ander
gäe, weil ich's ums verrecke it verbutze ka, wemmer mei
Logik fir Bledsinn haltet und z letscht hot sie denn nu no
gmont, die Mei:»Oh wenn eu Mannsbilder doch de Deifel
hole dät!« So ganz ernscht ischere des nadierlich it gsi, aber
sage hot se's halt doch mößße.

I hon denn nu mei schnurloses Telefon gnumme und bin ins Bad, zum mi richte. Wie i grad pudelnäckig i dem Bad schtand und grad hon i d Wanne welle, zum mi wäsche, do surret des Telefon. I nimm ab und meld mi, do set eine Frauenschtimme,»hier isch das Staatssekretariat, der Herr Ministerpräsident möchte sie sprechen!« Mer macht sich ko Bild devu, wie i verschrocke bin. It wägem Ministerpräsident, sondern weil i pudelnäckig war. Mer schwätzt doch it mit sim Landesvadder ase näckig, aber s war scho z'schpät. Scho hots i mei Ohr gschwätzt,»hier isch Teufel ...« Grüß Gott, Herr Minischterpräsident, hon i ganz brav gsagt, aber nadierlich ko Wörtle devu, daß i ase pudelnäckig mit ihm schwätz. I glaub, er hots au it gmerkt, de Landesvadder, und noch ä Paar Sätz war des Telefongschpräch beendet.

S isch um ä Gsellschaft gange, wo er eiglade hot, dere hot er welle en badische Mundart-Macher vorschtelle, damit der die Gsellschaft wengele auflockere sott und s hot pressiert, no hot er mir telefoniert, weil er mi kennt, vu andere Anläß her. S isch jo klar, daß i sofort jo gsagt hon. Mer ka doch de Landesvadder it sitze losse, wenn er inere Verlägeheit isch. Offe gschtande, hot mir des Telefongschpräch nadierlich au weng guet tue. Wa gibts doch fir erschtklassige Kinschtler im Land, aber nei, de Minischterpräsident rueft mir a, weil ihm des gfallt, wa i so mach. Je meh i driber nochdenkt hon, während i mi gwäscht hon, um so meh hot mich die Sach ufgschtellt.

Z letscht hon i mir noch em rasiere ä ghörige Ladung After Shave Lotion Prestige iber den Kopf gleert, weil i mir denkt hon, des sei i mir a some Tag schuldig. Weng feierlich bin i denn i meine Klamotte gschtiege, hon d Wanne putzt und s Bad weng ufgrummt, damit se it wieder hinder mer her mule ka, denn bin i wieder use i d Kuche, zum mei Zeitung lese. Denn isch die Mei aber i d Kuche kumme. Sie hot sofort gschnupperet und glei gmerkt, daß i andersch schmeck wie suscht, intensiver halt. Wievill hosch au wieder a de na gleert, hot se gfrogt und »hosch am End Bschtellung?« Aber i hon mei Mul ghalte und hon mir denkt, mir ka heut niemerd meh mei Laune versaue. Denn hot se aber gfroget, »wer war denn vorhin scho am Telefon, wo du im Bad gsi bisch?« Do hon ich gwißt, etz isch mei große Schtund kumme, und ich hon zunere gset! »Du wirsches etz nicht glaube, aber dein Wunsch isch in Erfüllung gange, de Deifel holt mi!«

Pfingst-Teufel

Wa schriebt mer als Kolumnischt au wieder a Pfingschte? Mer ka doch it, wie die meischte Leit so tue, als hetted die zwei bezahlte Feiertäg mit em Heilige Geischt nix z'tued! Etz hon i am Himmelfahrtstag wieder des Buech[*] vom Erwin Teufel, vum Landesvadder, hergnumme und hon ä Kapitel gfunde, wo's mir blitzartig kumme isch, des isch mei Pfingschtgschicht. Er isch vu zwei Schornalischte ausgfrogt wore, und ei Frog hot gheiße: woran glauben Sie als Christ ganz persönlich? Und des hon i uf alemannisch ibersetzt, als mei Pfingschtgschicht!
»I glaub, daß mir Mensche vu Gott getrage sind und daß mir uff ihn ane underwegs sind. Glaube isch also z'erscht mol ä Urvertraue, daß es Gott giit und daß ihm die Welt und die Mensche it gleichgültig sind, sondern daß im Grund jeder, wie's im Psalm heißt, i sei Hand gschriebe isch. I glaub also it anen Kreislauf. I find nix bleder als Gschaftlhueberei, noch dem Motto, s Ziel isch nix, Bewegung isch alles. I denk halt, daß mer uf ä Ziel ane underwegs isch. I glaub halt, daß i irgendwo herkumm, daß i mei Läbe verdank, und i hoff uf ä ewigs Läbe, uf ä Neuschöpfung, do druf, daß des it Vollkom-

mene, wo i täglich erleb, und wa i it verschtand, daß des mol vollendet wird. Fir mi goht no lang it alls uf i dem Lebe, garit. I hon ko Erklärung fir's Leid, ko Erklärung defir, daß Mensche andere umbringe känned, i hon ko Erklärung defir, daß mer ä Rasse ausrotte will, daß mer Völkermord planmäßig betreibt. I hon ko Erklärung defir, warum ä Kind Krebs kriegt und leidet und schtirbt, i hon ko Erklärung defir, warum Eltere ihrem Kind is Grab luege mänd. Fir mi isch unglaublich vill it zum erkläre und so unvollkomme wie nu ebbes. Aber i glaub dra, daß i mol den Sinn erfahr, und daß die Welt en letschte Sinn hot. S isch mei Hoffnung, daß sich am End s Guete durchsetze wird und daß des Läbe ine ewigs Läbe mündet. I glaub it nu dra, daß Gott die Welt erschaffe hot, sondern au, daß er se im Dasein erhaltet, und daß er se mol vollende wird. Des denk i nadierlich it de ganz Tag, aber s isch als Grundvertraue do. Des isch mir gschenkt. Mer ka de Glaube it mache, er isch ä Gschenk und denn aber unglaublich vill wert. Zuedem gilt nadierlich der Satz: I glaub, hilf mim Unglaube. Nadierlich isch Glaube nie en sichere B'sitz, sondern er isch aagfochte. Zweifel und Ängscht ghöred dezue. Nadierlich hon i it weniger Todesangscht als jeder Mensch, wo kon Glaube hot. S giit vill, wa mir it erkläre känned, wo i ko Antwort druf hon. Des loß i denn aber au als Geheimnis schtoh. I hon ebbes gege die Alleserklärer, wo mir mit Antworte uf Froge kumme wänd, wo mer it kläre ka. Mir sind Alleswisser zwider. Mer moß manches schtoh loh und sage, i hon mit mim Verschtand ko Erklärung defir. Aber i bin iberzeigt, daß es Wirklichkeite giit, hinder dem, wa mir all Tag säned und höred und vor allem selle Wirklichkeit, wo alls beschtimmt, nämlich Gott. I mir und i jedem Mensch isch des, wa de Augustinus am beschte gset hot, mit dem Satz: Unser Herz isch uriebig, bis es mol Rueh findet i dir. I selber

bin au uriebig und uzfriede, weil i uzfriede bi mit dem Zue-
schtand vu de Welt, wie se isch und mit mir selber. Drum
isch i mir ä schtändige Unrueh, aber it one wo ufgregt
macht, sondern one wie die Unrueh i de Uhr, nämlich als
Antrieb. Und ä sottige Uzfriedeheit bewirkt, daß mir it im
Bett liege bliebed, sondern ufschtond und ebbes undernehe-
me und geschtalte wänd.«
Recht hot er, de Landesvadder, und wer des a Pfingschte
liest, der kapiert au, warum mir heit no Pfingschte feiered.

---

[*] »WOVON DEMOKRATIE LEBT«, Erwin Teufel im Gespräch mit Sibylle Krausebur-
ger und Ulrich Wildermuth, DVA
Deutsche Verlags Anstalt.

EBBES

Oh des isch au EBBES. I sott wieder mol iber EBBES schriibe
und woß it iber was. Schreib doch eifach iber irgend EBBES,
hon i mir denkt und denn isch mer EBBES eigfalle. Schriib
doch iber EBBES, des wär doch mol ä Thema. Des EBBES
isch doch ä Wörtle, wo mer all brucht, aber wer woß hüt
scho no, wa EBBES isch? Guet, EBBES isch halt EBBES und
etz lueg i halt mol, ob mer EBBES zu dem EBBES eifallt.
Ä Läbe elei isch EBBES langweiligs. Also suecht mer EBBES,
damit mer it elei durch s Läbe dappe moß. EBBES fir s Herz
EBBES fir s Gmüet, aber au EBBES zum weng vernudle.
Wenn de denn EBBES hosch, no kännt mer Hochziit mache.
Die derf denn scho weng EBBES koschte, denn wa EBBES
isch, des koscht au EBBES. Und d Lüt solled nu säne, daß au
EBBES do isch.
Wo aber EBBES do isch, do sott no weng EBBES dezue. Scho

114

uf de Hochzeitsreis ka mer EBBES erlebe. Do sieht mer EB-
BES und ka EBBES mitbringe, wenn it scho EBBES under-
wegs war. No erwartet mer halt EBBES. D Nochberschaft hot
scho lang EBBES gmerkt und hot all hälinge gset,»die krie-
ged EBBES« und denn kunnt au gwähnlich EBBES. Wenn's
denn do isch, des Butzele, des EBBES und wenn's bläret, no
fehlt ihm EBBES. Viellicht hots Hunger, no kriegts EBBES.
Wenn's aber all wiiter bläret, no fehlt ihm EBBES anders.
Viellicht hot's EBBES gmacht, oder suscht EBBES.
S kummt denn i d Schuel und sott EBBES lerne, daß des Kind
EBBES woß, wenn de Lehrer EBBES frogt. Nur wer EBBES
woß, isch au EBBES und kummt zu EBBES. Bi de oene
heißt's, der bringts nie zu EBBES und de Vadder mont all
wieder mol, au des isch EBBES mit dem Kerle. Er hett scho
EBBES im Köpfle, aber er denkt all a EBBES anders, nu it a
des, wanner denke sott.
Us em Töchterle isch EBBES rechts wore, bis denn EBBES
passiert isch mit'ere, weil se sellen Kerle kenneglernt hot. Do
hot se denn EBBES verdwischt. Hett se etz it EBBES gschie-
ders finde känne, aber kaum set mer EBBES, no isch de Dei-
fel los. Mer wird aber schließlich au no EBBES sage derfe
oder it. Des wird emol EBBES gäe mit dene zwei. Der Kerle
isch doch no it emol EBBES und so, wie der ussieht, wirds
der nie zu EBBES bringe. Der hot jo it emol EBBES gschiids
zum azieh.
Neilich hot de Vadder mol EBBES zunem gset.»Etz will i dir
mol EBBES sage Bürschle,« wiiter ischer it kumme, do war
den EBBES los.
D Mamme hot sich eigmischt und dezwische pfuzget:»EB-
BES bessers fallt dir jo it ei, als a EBBES rumkritisiere. Die
Jugend vu heut isch halt EBBES anders und wo mir ghürote
hond, wer hot do EBBES ghet, Du oder I!« Nadierlich hosch
du EBBES ghet, hot de Vadder denn krageelet, aber i hon
schließlich EBBES drus gmacht und wenn etz weng EBBES

do isch, no it nu deswege, weil Du EBBES ghet hosch! S Töchterle hot sich denn eigmischt und ziemlich laut gset: Ihr zwei mit euerm EBBES hon, EBBES kriege, EBBES were. Mir zwei hond au EBBES, mir hond nämlich uns zwei und des isch EBBES wunderschöns, und it nu irgend EBBES. Brucht mer etz i some Fall no EBBES sage?

WIE MER'S HEIT HOT

Im Mäxle sei Frau
lauft umenand wie en Pfau.
Allhek schlet se s Rädle
und war so ä nett 's Mädle.

Bim Mäx sinere Frau
isch alls Kunscht am Bau
und du wosch nie so recht,
wa isch falsch, wa isch echt.

Im Mäxle sei Frau
wär au scho lang grau,
aber des känned die meischte
sich heit nimme leischte.

»Fashion«

Wissed ihr eigentlich, wa en »Securityneedlemike« isch? I
mach ä Wett, daß des näemerd woß bis etz. Also de Herr
Knepfle isch so en »Securityneedlemike« und des isch nix
anders, als en »Sicherheitsnadelmichael« wa uf alemannisch
»Glufemichel« heißt. Ä Glufe isch bi uns ä Sicherheitsnodel
und en Michael isch bi uns de Michel. De Glufemichel ghört
zu de sellene, wo d Hose mit de Beißzange aziehned und
des sind sottige, wo alls hundertfufzgprozentig mached, so
daß es am End lächerlich wirkt. Mer lachet meischtens weng
iber die Glufemichel, aber des Wort seit jo kon Mensch meh
bi uns.
De Herr Knepfle zum Beispiel set des scho lang numme. Der
goht nämlich au scho lang numme zum Friseer, zum Friseur,
wie's korrekt heißt, der goht nämlich zume Hairstyler wo
ihm sin Sauriebeleskopf »fashionable« anebüschelet. De
Knepfle goht nu no dert ane ge eikaufe, wo »Fashion« iberm
Lade stoht. Iberhaupt gond Knepfles scho lang numme inen
Lade, die gond nu no dert na, wo de Lade »Shop« heißt. Im
Knepfle sei Partnerin goht au nimme ge eikaufe, die gond
hüt nu no »shopping«, denn ge eikaufe gond hüt nu no selle
Wiiber, wo megaout sind. Etz wa isch wieder des »mega-
out«? Mega isch uff altgriechisch des Wort fir Million.
Out isch englisch und heißt so vill wie »aus, draußen oder
am Ende sein«. Wer out isch, der isch dusse und nimme din-
ne, der isch it nu vu geschtern, der isch vu vorgeschtern und
megaout isch on oder eine, wo millionsteldusse sind, also
geistig, bewußtseinsmäßig oder wa de Zeitgeischt und d
Mode betrifft, bereits kompostiert. Und ebe grad, zu de sel-
lene wänd s Knepfles it ghöre, drum sind se anstatt »out«
oder gar mega-out vill lieber »in«, des isch drinnen oder wie
mer bi uns set, dinne. I de Szene nämlich, oder wie se hüt

saged, »in se siin«! Drum hond die au ko Kind im Auto, die hond ä »Baby on Board«! A wa, s Knepfles hond scho lang numme ä Auto, die hond en »Car« und anstatt grüeß Gott, saged se »hey« und des spricht mer »hai«! Wenn mir Alemanne hai saged, no moned mir »mach etz doch mol vürse bigoscht«, wobei mir abkürzed und eifach nu saged, »hai mach etz«!

De alt Knepfle war früener schwer nazional eigstellt. Woner anekumme isch, hot er »hail« gset und des war die Kurzform vu Heil Hitler. Hüt saged s Knepfles numme »hail«, sie saged etz »hai«, sie ghöred also wieder dezue wie früener, wo se »hail « gset hond. S Knepfles sind schlaue Leit, die sind nämlich alleweil »in« und nie dusse, weil se ebe mit de »Fashion« gond, mit de Mode, so wie die katholische Jugend am Jugendsonntag uf ihrene Plakat. Do isch groß drufgstande, »Let's talk about« und des hett solle heiße, mer solled mitenand driber schwätze, iber de Zuestand vu de Kirch nämlich. Etz bin i de ganz Sunntig umenandgloffe und hon ebber gsuchet, zu dem i het sage känne: »Let's talk about our church«! Du talksch mit mir und i talk mit dir und denn talked mir about our holy mother and her holy father!«

S Knepfles Mädle isch nämlich im BDKJ, wobei mer sage moß, daß d Mamme früener im BDM war und d Hauptsach isch doch, daß me oemeds dabei isch, alleweil debei isch, bi de sellene isch, wo »Fashioned« sind und sell sind s Knepfles, obwohl de alt Knepfle en »securityneedlemike« isch, also en »Glufemichel«!

Frollein

Mir lebed inere Zeit vume kolossale Umbruch. S bricht efange alls um, des bedeitet, daß so vill wie alls falsch isch, wa früener mol richtig war. Breche ka mer sich de Hals oder d Knoche. Mer ka au breche, wa mer vorher trunke und gesse hot, wa denn zu dem Mißverschtändnis fihre ka, wo seller Maa uf em Randschtei gsesse isch und en Passant hot en gfroget, »haben sie was gebrochen?« No hot der nu so vor sich na gsest, »na na, aber s kummt glei!«

Wemmer aber vu dem kolossale Umbruch schwätzt, i dem mir hüt lebed, no mont mer den Bruch mit allene dene Tradizione, wo mer heit mont, mer dät se nimme bruche, sie seied alte Zöpf. Also schniidet mer die alte Zöpf ab, des heißt, mer bricht mit dene Tradizione und des isch denn de Umbruch.

Manchmol reißt mer au ä Tradizion raus, wie en Kohlrabi us em Bode, oder mer wirft one furt, noch dem Motto, »alls wa alt isch, nix wie uf d Mischte«. Etz isches aber so, daß fir s meischt, wa mer abschniidet, use reißt, abbricht oder uf d Mischte wirft, daß mer fir des en Ersatz ho sott, wo meglichscht genau so funkzioniert, wie sell, wa mer zum alte Eise gworfe hot. S isch etz zum Beispiel zwanzg oder fimfezwanzg Johr her, daß mer den Begriff »Fräulein« abgschafft hot. Bi uns hot des immer nu »Frollein« gheiße und ä Frollein war it nu eine unverheiratete weibliche Person, sondem au en sogenannte dienschtbare Geischt. Frollein, gändse mir doch au vier Briefmarke zunere Mark, hot mer am Poschtschalter gset, wenner it grad »vorübergehend nicht besetzt« war.

Bi de Auskunft am Telefon hots gheiße, Frollein i het gern die Nummer vom Albert Müller in Reichebach. No hot des Frollein gset, en Moment bitte und nochere Weile hosch die

Nummer kriegt. Heit telefonirsch mit eme Bekannte i sinere Firma, no tönt zerscht mol ä Schtimm: »Warten sie bitte«, no set ohne »Houl se lain pliis«, denn schpillts die kleine Nachtmusik vum Mozart uf some elektrische Glump, mit eme Plaschtik-Ton und denn kummt wieder die Schtimm, »Warten sie bitte!« Denn goht der Zirkus vu vorne los, mit dem Schwachsinn »Houl se lain pliis«, als ob i wisse dät, wo i do ä Leine hole sott, aber vielleicht suecht die d Schnur vu ihrem Telefon und hot no garit gmerkt, daß sie ä »Händi« hot, wo mer gar ko Schnur braucht.

Do soll jo der Name herkumme, wo en Schwob in Japan bei de Vorführung vu some Telefon gfrogt hot, »hän-di koi Schnur?« Hett mer no ä Frollein uf de Telefonzentrale no brücht mer sich den Schwachsinn it aalose, aber heit derf mer zu einem weiblichen Wesen alles sage, nu it Frollein! Sie saged, mer dät jo au it »Männlein« oder »Herrlein« sage, sondern »Herr Ober!« Als ob jeder, wo grad ä Bierglas hebe ka, ohne daß er d Hälfte devu uusleert, en Oberkellner wär. Wie soll i denn inere Bedienung ruefe, wenn i no en Kaffee will?

Wenn i die Bedienung guet kenn, no sag i, Chrischta, bring mer doch bitte no en Kaffee. Wenn i se it so guet kenn, no sag i »Chrischta, däted Sie mir bitte no en Kaffee bringe!« Wenn i aber it woß, daß die Chrischta Chrischta heißt, soll i denn sage, »Frau, bringed sie mir bitte no en Kaffee!« Klingt etz des vielleicht schäner als Frollein? Do schieß i doch uff de ganz Umbruch, wenn se all nu abschaffed, aber kon Mensch ka om sage, wa mer etz anschtatt Frollein sage sott, wemmer ebbes bschtelle will. Guet, ab heit hon i au des »Herr Ober« gschtriche. I sag in Zukunft nu no »Hey Mann, en Kaffee, ab houl se lain pliis, mir pressierts nämlich!« So wänd se's doch hüt und so solled se's au hon.

Des Modl isch geil

Die junge Studente, wo bi uns im Land Deutsch lerned, die ka i nu alleweil bewundere, weil i immer wieder feschtschtell, daß unsere Schproch ä saumäßig schwierige Schproch isch. It nu wege de Grammatik, nei au wäge de Wörter iberhaupt. I dere Zeit, i dere mir etz grad lebed, do krieged Wörter ufs mol ä ganz andere Bedeitung. Do kummt beischpielsweis ä Mädele oder ä Büeble us em Kindergarte hom, denn zeigt sei Mamme dem Kevinle oder dere Sandra ä Oschterhäsle us Schokolad und set zu dem Kind:»Guck des hot dir Tante Rösle brocht!« Etz seit des Sandrale oder der Kevin nadierlich nimme:»Au, des isch aber schä«. Nei die Mammi vu hüt, die macht zerscht mol weng große Äugle und schluckt e weng, weil des Kind mont:»Au super, des isch jo geil!«

Mit dem Wort»super« ka jo ä Mamme einigermaße no ebbes afange, weil se als Hausmamme mit Abitur woß, daß super us em lateinische kummt und großartig oder hervorragend bedeitet. Mer hot'ere jo au beibrocht, daß d Franzose»süperb« saged, und sovill woß ebe au one a de Herd verbannte Kindsmamme vu hüt grad no, daß des»süperb« vorzüglich oder prächtig bedeitet. Mit dem Wort»geil« ka se aber ums Verrecke nix afange, des heißt, sie woß scho wa »geil« isch, oder besser gset, wa»geil« mol gheiße hot. Seit aber ihre Butzele zu allem dem»geil« set wa es»süperb« dunkt, seither isch die Mamme weng verunsichert. Heit isch nämlich nint meh großartig, prächtig, herrlich, wunderschön, s isch au nimme prima, klasse, spitze. Nei heit isch alls super und geil, und wenns no besser isch, no isches supergeil, und s Allerbeschte isch denn»superaffengeil«. Do moß mer halt etz wieder mol umdenke.

Neilich bin i wieder uf so ä Wort gschtoße, wo etz ebbes

ganz anders bedeitet: »Model« war früener ä Hohlform, wo ä Hausfrau brucht hot zum Schpringerle backe oder en Gugelhupf. Mit eme Model hot mer Oschterhase und Nikoläus gmacht, und wenn on »de gliich Model wie de Alt« ghet hot, no hot der Bue usgsäeh wie sin Vadder. Mer hot nie Mod-e-l gseit, sondern Modl. Des »e« hot mer sich gschparet. Heit isch ä »Modl« ebs ganz anders. Schriebe duet mer's »Model«, also mit zwei »ll«. Sage duet mer aber »Modl«! Des sind die Muschter-Mädle, wo uf em Laufsteg ihre Geld verdiened, wo fotografiert wäred, und wo mer brucht, zum Reklame mache, also zu de sogenannte Werbung.

S giit au männliche Modl, aber kon vu dene sieht us wie de Einstein. Mer moß sich mol vorschtelle, wa do passiere kännt, wenn mer so ä schäns Gschöpf froge dät: »Was sind Sie von Beruf?« Und es dät sage: »Ich bin ein Modl!« Wenn denn der Froger sagen däte: »Also eine sogenannte Hohlform!« Des wär doch ä Kataschtrof, oder it?

Gwandlete Moral

Des Wort Moral kummt vu dem lateinische Wort »moralis« und bedeitet, die Sitten betreffend, oder eifach kurz, »sittlich«. Etz wa isch aber sittlich? Mir hond i de Schuel des Fach Moral it g'het, uns hot mer halt im Religionsunterricht erklärt, wa mer derf und wa mer it derf, des heißt, eigentlich hond mir meischtens nu erfahre, wa mer it derf, wa verbote isch und verbote war eigentlich so ziemlich alls, wa mit em andere Gschlecht z tued hot und so isches denn kumme, daß mer under »unmoralisch« beinah nu no s Gschlechtliche verschtande hot und fascht alle andere moralischen Werte sind nebensächlich wore.

Wenn früner en Schtudent mol ä Mädle ufs Zimmer g'numme hot, wenn er sich des iberhaupt traut hot, denn meischtens wared Damenbesuche fir Schtudente verbote, no hot die Zimmerwirtin nochdem der Bsuech nochere halbe Stund wieder gange isch, den Schtudent glei gfrogt: Saged se mol, isch des ä ernste Sach? Dodemit hot die Vermieterin sage welle, ob des das Frollein Braut sei und sie hoff doch schwer, daß der Bsuech in den Hafen der Ehe mündet. Wenn der Student uf Zack war, no hot er dere Zimmerwirtin zur Antwort gäe,»na na, ä ernste Sach isches kone, aber a lustige!« Des isch genauso, wie des Päärle, wo sich im Eisebahnabteil als wieder mol en Kuß gäe hot, bis eine scho räet reife Dame die zwei gfrogt hot:

»So, sind sie uf de Hochzeitsreis?«

Eigentlich wär des die räet reife Dame en Dreck aagange, aber küssen ime öffentliche Verkehrsmittel war domols halt unmoralisch, oder nu den Eheleuten vorbehalten. Nu hon i ganz selte Eheleute gsäne, wo sich i de Eisebahn küssed. De sell jung Kerle im Zug, wo sei Mädle allhek küßt hot, der hot nur glachet, wo die räet reife Dame gfrogt hot, ob er uf de Hochzeitsreis sei. Er hot denn nu gmont,»na, aber uff Probefahrt«. Sicher war die räet reife Dame domols gschockt. Hüt dät kon Hahn me dennoch krähe, wenn sich zwei küssed i de Eisebahn.

Jessesna, war des fir uns no ä Sach, wenn sich im Kino uf de Leinwand des Paar en Kuß gäe hot. Des war scho de Gipfel vu de Sinnlichkeit. Also wemmer hüt im Fernsäeh lueget, wie die sich küssed, no hot mer so s Gfiihl, die fressed enand. Mer kännt manchmol grad mone, do seied zwei Vampir anenand grote, aber so isches halt. Wenn se sich nu küssed im Fernsäeh, no schalted vill Lüt en Sender wiiter mit ihrem Zappbrettle, weil se moned, des sei jo firchtig langweilig.

Do heißts denn,»der brucht jo grausig lang, bis der zu de

Sach kummt«. Und des isches äbe grad. Die sogenannte »Sach« isch hüt s Wichtigschte und die Moral hot sich total gwandlet. Hüt isch oner unmoralisch, wenn er uf em Lokus länger als ä Sekund uf d Wasserschpülung druckt, weil er denn it umweltbewußt isch. S isch halt alls andersch. Wenn de früener mit de Fronleichnamsprozession gange bisch, no goht mer hüt zunere Demonstration gege ä Autorenne oder gege de Abbau vum Urlaubsgeld. Hot die sogenannte Schlummermutter sich früener gwunderet, daß der Damenbesuch scho ä halbe Schtund daueret, no wunderet se sich hüt drüber, daß der Schtudent scho drei Monat all mit de gliiche schloft. So lang daueret hüt doch ko Probefahrt meh, wemmer ä Beziehungskischte ufbaut. So hot sich die Moral verschobe, so hond sich die Werte gwandlet und drum spricht mer hüt vume sogenannte Wertewandel und wenn ebber bis etz it gwißt hot, wa des isch, no woß'ers etz.

Urlaubs - »Verkehr«

Manchmol moß mer sich wirklich a de Kopf lange und sich froge, wa sind au mir efange fir ä Volk? Mer kännt nämlich grad mone, daß mer uns gegeseitig selber uffresse däted, wemmers könnted. S giit jo fascht niemerd meh im Land, wo kon Prozeß fihrt, wäge irgend ebbes gege irgend ebber. Wäge nint und wieder nint goht mer hüt zum Kadi und s isch zum todlache, wäge wa alls prozessiert wird und wer des it glaubt, der soll mol en Rechtsanwalt froge. Die könned ä Liedle devu singe, wa mir fir ä friedfertige Nation sind. Mir hot en Anwalt us ere Zeitschrift fir Jurischte en Artikel brocht und hot gset, »do lies emol, wo mir efange ane kumme sind!«

Der Ufsatz hot sich dreht um ä Urteil wäge folgendem Problem. Do hot on sei Reisebüro verklagt, weil er mit sinere Lebensgefährtin noch Menorca ä Doppelzimmer buecht ghet hot, aber i dem Doppelzimmer isch ko Doppelbett gschtande, sondern zwei einzelne Better nebenand. Scho i de erschte Nacht hot er möße feschtschtelle, daß er i seim Intimverkehr empfindlich beeinträchtigt wore sei, weil die Better uf dem plättlete Bode alleweil usenandgange seied. Während de ganze vierzeh Tag sei drum en harmonische Intimverkehr beinah völlig verhinderet wore. Drum sei de Erholungswert, d Entspannung und d Harmonie mit sinere Lebensgefährtin empfindlich gschtört gsi und des hett zu Verdrosseheit, Schpannunge und Ärger gfihrt.

Er verlangt drum vum Reisebüro Schadensersatz »wege nutzlos aufgewendeter Urlaubszeit in Höhe von 20% des Reisepreises von 3078 Mark!« Des Amtsgricht hot aber feschtgschtellt, daß die Klage »in der Sache nicht begründet« sei. Der Amtsrichter hot nämlich feschtgschtellt, daß dem Gericht »mehrere allgemein bekannte und übliche Variationen« vum Intimverkehr bekannt seied, wo mer au uf eme einzelne Bett usführe kännt und zwar so, daß beide Teil zfriede sei kännted.

Des Gericht hot denn no gmont, es däte »kein Reisemangel« vorliege, weil der »Mangel« mit ä Paar Handgriff hett beseitigt were känne. Der Kläger hett nämlich mit ere Schnur die beide Better zämmebinde känne, wenn er hett welle und ä Schnur dät jo it vill koschte, des hett mer ime Urlauber zuemuete känne. Bis er aber so ä Schnur hett hole känne, zum Beispiel am näkschte Tag, hett er jo känne de Hosegürtel näme, zum die beide Better anenanbinde, hot der Richter gmont und er hot no dezue gseit, daß der Kläger jo sin Hosegürtel »in seiner ursprünglichen Funktion« i dem Augeblick it benötigt hett.

Die ganz Gschicht hot den Rechtsanwalt, wo mir den Ufsatz

gäe hot, dermaße gfuxt und erbost, weil sich hützutags ä Gricht ernschthaft mit sottige Problem befasse mueß, daß er vor lauter Wuet zu mir kumme isch und hot gmont, »Du sei mir it bees, aber etz moß i mit dir zerscht ä Viertele trinke, des haltet mer jo im Kopf it aus, wa mir efange fir ä Sippschaft sind«. Er hot ko Rueh gäe, bis er au no usekriegt hot, wa des fir en Mensch gsi isch, wo do klagt hot. Mer sott's it glaube: En Studienrat!

MORGEKONZERT

Wenn i morgens, noch em ufschtoh, no'it wach sei ka,
no isch all no s Bescht, i mach s Radio a.

Wenn aber denn on, so ganz ohne gfroget,
vume Flügel begleitet, sei Schello scho blooget,

wenn de ei uf de Taschte durch d Romantik fäget
und de ander uf sim Kischtle en Schubert versäget,

und sie schpiered d Romantik scho ganz intensiv,
mi macht des am Morge scho leicht depressiv.

I hör jo gern Schubert, do druff kann i schwöre,
aber kurz noch em ufschtoh, do mag'in it höre.

Alls zu sinere Zeit und alls a sim Platz,
am Morge do brauch i en aschtändige Jazz.

Der schtellt mi uf und fahrt mer i d Glieder,
do kommed die Lebensgeischter glei wieder,

drum ka die Eisicht wohl niemerd beschtreite:
»S paßt halt it alles zu allene Zeite!«

Hafenkonzert

Wa ä »Hafenkonzert« isch, brucht mer i unsere Region ei-
gentlich it erkläre, weil d Lüt des au so wissed. Des kummt
all Sunntig im Radio und s giit no vill Leit, wo gern Radio
losed. Bi uns am See kummts omol us Friedrichshafe, mol us
Konschtanz, mol vu Radolfzell oder vu Bodman und neilich
isches vu Überlinge kumme. I war au wieder mol debei. Uns
Maulkinschtler brucht mer zum Löchleschtopfe i sonere
Sendung und i mach ab und zue wieder mol ganz gern mit,
weil mer do under d Leut kummt. Meh als taused, bis zu
zweitaused Mensche kummed do meischtens zu some Kon-
zert und sie kummed vu iberall her, um de ganz See rum,
vum Hegau und de Höri, jo bis ufe i de Baar und in
Schwarzwald. Ha nei, die Intellektuelle gond do it ane, do
kummed nu eifache, gwähnliche Leut. Sottige wo Spaß a de
Volksmusik und a de Schlager hond und drum treted do au
meischtens bekannte Schlagersänger uf. Sie singed mit Play-
bäck firchtige Schnulze, daß des Schmalz nu so iber d Bieh-
ne nabtröpflet.
Under dene Gsangsgruppe war desmol des junge Bürschle,
de Patrik, und der isch zweimol dra kumme und jedesmol
hon i noch dem as Mikrofon möße und des war mir offe
gschtande weng peinlich. Die Mädele hond gschriee vor de

127

Bühne und Blueme und Lebkuecheherzle uffe gworfe, aber it wäge mir, sondern wägem Patrik, und wo der denn no gsunge hot, »Meine Lieder streicheln dich«, no sind die Mädle schier wahnsinnig worre vor Begeischterung. I bin derweil hinder me riesige Lautschprecherturm gschtande und hon is Publikum glueget und hon feschtgschtellt, daß vill, vill ältere Fraue, jo sogar fascht scho alte Fraue fescht mitgsunge hond und it wenige vu dene Fraue us de ältere Generazion sind Tränle iber s Gsicht gloffe.

Z mol isch mir s Lache iber den schmalzige, schnulzige Patrik und dem sin Gsang vergange und i bin firchtig is Grüble kumme. Nadierlich ka mer mit entsprechende Melodie de Mensch weich und sentimental mache. Und wenn denn so en junge Kerle weng nett ussieht und it eso usgfranst, no träumt manche Mamme weng so vor sich ane, weil des en Sohn oder en Schwiegersohn wär, wie sie gern on hett. Und wenn der denn au no singt, »Meine Lieder streicheln dich«, no ka's sonere Mamme scho s Wasser hindevöri drucke. I hon aber no weng weiter vor mich ane denkt. Wenn sind denn alle die Mammene s letscht mol gschtreichlet worre, oder wie oft sind se iberhaupt im Lebe gschtreichlet worre? Wo sind denn die Männer, wo noch Johre no schtreichled und it nu vor em Fernsäeher hocked, bis se schier ei-schlofed, denn is Bett keied, aber no schnell »zur Sache« kumme wänd, weil se de halbe Obed so Pornoscheiß aglue-get hond. Aber nix mit schtreichle, sondern »hauruck« und fimf Minute später schnarched se wie en Rasemäher.

S isch mer direkt komisch worre, wo i so vill Fraue gsäne hon, wo sich vu dem schnulzige Kitsch gschtreichlet gfühlt hond, und s ka om trimmlig werre, wemmer mol dra denkt, wieviel Sehnsucht noch eme glei wengle gschtreichlet wer-re, wievill Homweh noch ä klei weng Zärtlichkeit, wievill Trauer noch eme Läbe, wa fascht kons isch, hockt i some Saal binenand. Und plötzlich kummt des ä bitzele zum

Durchbruch, weil so ein junge Kerle, mit eme riesige Orchester ine Mikrofon haucht, »Meine Lieder streicheln dich!« S isch mer schlagartig klar worre, daß des schtimmt, daß Lieder schtreichle känned, daß Musik zärtlich sei ka, au wenns schnulzige Schlagermusik isch. S isch wieder mol ä Stückle Arroganz vu mer abbröckelet und i bin in Zukunft weng vorsichtiger mit mim Urteil iber Schnulze. Und wenn die Mädele schreied vor Begeischterung, wenn so en Kerle vum »schtreichle« singt, no solled se ruhig ausflippe. Wie nüchtern s Läbe denn mol isch, erfahred se meischtens no früeh gnueg.

Meine Zeddele ...

S herbschtelet wieder mol. Do sind die oene Lüt grätig, weil de Urlaub vorbei isch, die andere, weil nimme Summer isch und en Teil, weil bi de erschte küehle Täg, die verschiedenschte Breschte zum Vorschein kummed. Wenn mer denn weng muuderig isch und all träset, wäge dem und wäge sellem, no saged se iber em See zu om: »Hosch s Wetter im Fiidle?« Des isch en schäne Satz, weil der einesteils zeigt, daß mer am andere Anteil nimmt, daß mer ihm aber andererseits au klar macht, daß mer sine Leide it allzu ernscht nimmt. Wo i des Sätzle uf en Zeddel gschriebe hon, wie alle Sätzle oder Wörter, wo i ufschnapp, damit i se bei Glegeheit wieder bim schriibe verwende ka, isch mer min Zeddelkaschte vum Schreibtisch uf de Bode abe keit. S hot au no weng zoge i mim Zimmer, weil i s Fenschter und Türe off glo hon. Etz sind die ganze Zeddel mit dene Wörter und Sätzle i mim Zimmer uf em Bode umenand gfahre und i hon känne uf mine Knie im Zimmer rumrutsche und die

Zeddel wieder eisammle. I bi firchtig verschrocke, weil i it fir meglich ghalte hett, wieviel so Zeddele sich im Lauf vu de Zeit i mim Käschtle agsammlet hond.

Mer hebt au it alle Dreck uf, dät etz mancher sage und do hett er Recht. Wemmer aber en Kopf hot, wo it vill ine goht, und wemmer ußerdem nix bhalte ka, weil mer alls vergißt, no moß mer halt in gottsname ufschriibe, wa om d Lüt saged, oder wa mer suscht no oemeds bim lese findt. Etz hon i nadierlich die Zeddele it nu wieder i des Käschtle ine gworfe, nei i hon zum Teil die Sätzle und die Wörter wieder mol glese und i moß sage, i bin ganz froh drum, daß i nix furtgworfe hon. Do hot zum Beischpiel ebber gset, »Wenn alles Kunscht isch, isch nix meh Kunscht, oder Kunscht isch nix«. En andere hot gmont, »s isch it so schwer, ä Kind zum erziehe, aber s isch schwer, s Ergebnis zu lieben!« Do kännt sicher mancher Vadder und manche Mamme ä Liedle devu singe. Aber do gilt denn au wieder, wa seller gmont hot, wo dere Meinung isch, »S giit Sache, iber die schwätz i it emol mit mir selber«. Gfreut hon i mi au wieder mol iber sellen Satz vume befreundete Bildhauer, »Mer ka hüt nu uf dem schtoh, wa geschtern scho gschtande isch«. Des paßt au guet zum Thema Kunscht und zu sellene, wo moned, alls wa geschtern war, sei nint, weil nu sell gilt, wa hüt isch. Die denked eifach it dra, daß morge wieder alls geschtern isch, wa hüt golte hot.

Mer hots hüt it so mit de Tradition. Sie däted wieder am liebschte vu vorne afange, uf de Böm hocke und enand lause. Je nochdem wo mer grad na kummt, wo se saged oder schriibed, sie däted do Kultur mache, hot mer menkmol s Gfiihl, mer sei bim Neandertaler eiglade. Wobei mer bi de Tradition allerdings scho weng obacht gäe moß, daß mer it ufs mol tatsächlich bi de Altbachene landet. Tradition heißt nämlich »s Feuer bewahre und it d Asche aabete!« Ach wa hon ich mich gfreut über selle Dame in Steißlinge, wo mol ime Gschpräch gmont hot, »Wo kon Reiz isch, isch ko Entwicklung!« Mer kriegt fascht immer ebbes mit, wemmer genau zueloset, wa d Lüt so schwätzed. Selle Frau hot gmont, die Schteigerung vu Lebensgefahr sei en Lebensgefährt. Dodefir hot en Maa gmont, sine Kinder hetted d Intelligenz vu de Frau, er hett seine no. Uf om vu mine Zeddele isch gschtande, daß selle Hochzeit zu Kana die berühmteschte Hochzeit gsi sei. Dert hetted se so gsoffe, daß mer hüt no devu schwätzt. Aber etz mach i mei Schächtele wieder zue, weil mer ufhöre sott, wenns am Schänschte isch.

Seckelbled parke

Als Kind hon i immer firchtig Angscht kriegt, wenn de Pfarrer im Religionsunterricht verzellt hot, daß mer im Afang vum Chrischtetum sine Sünde hot effentlich bekenne möße. Jessesna hon i als Büeble als denkt, wenn des wieder mol käm, des wär jo firchtig, wenn i verzelle mößt, wa i fir en Kerle bin, und alle Lüt däted zuelose und däted zunenand sage, ha des isch aber mol en wüeschte Bue, des hetted mir it denkt vu dem! Aber s wär eigentlich ganz guet, wemmer seine Sünde effentlich bekenne mößt. Des gäb zwar ä Mordssauerei i some Städtle oder Dörfle, aber mer wüßt wenigstens, wo mer dra isch.
Etz hon i wieder ganz liebe Brief kriegt vu Leser, und die Lüt moned all, wa i fir en guete Mensch sei. Die Mei lachet zwar alleweil en Scholle, wenn se so ä Briefle liest, und sie set denn amel, »ha, die hond vielleicht ä Ahnung!« Etz hon i halt denkt, bisch mol ehrlich und uffrichtig und bekennsch mol so ä richtige Sünd in aller Effentlichkeit, und des mach i etz eifach mol, damit au alle wissed, wo mi fir en guete Mensch

131

halted, wa i im Grund fir en Kerle bin. Also i fahr a de Auto-briefkaschte vu de Poscht, wo mer nu d Schiibe abe loo mueß, no ka mer sei Poscht eiwerfe, ohne daß mer aussteigt. Etz parkt wieder mol en Tuttlinger direkt vor dem Brief-kaschte! Des derf doch it wohr sei. Guet, unsereins parkt au efters mol oemeds, wo mer it sott, aber doch it vor em ef-fentliche Briefkaschte vu de Poscht. So en Mensch denkt doch it fir fimf Pfennig a die andere, der denkt doch eifach nu a sich selber. I bin also usgschtiege, hon mei Poscht i de Kaschte gworfe und bin wieder i mei Auto gsesse, denn hot de Deifel pletzlich vu mir Besitz ergriffe. I hon so ä Wuet kriegt, uff den Tuttlinger, daß i min Block us em Hand-schuehfach gholet hon und de Filzschreiber dezue. Denn hon i folgende Notiz dick uf den Block gschriebe: »So sek-kelhaft ka nu en Schwob sei Auto parke!«

Denn hon i den Boge us em Block grisse und hon en dem Tuttlinger hinder de Scheibewischer klemmt, no bin i zue-gfahre. Kaum war i ä paar Stroße wiiter, hot mi mei Gwisse blooget, und die Reue isch kumme, aber wie meischtens isch se z schpot kumme. Wenn i nämlich nomol uf d Poscht zruckgfahre wär, no wär de Tuttlinger sicher nimme do gscht-tande. S Schlimmschte a dere schwere Sünd war des Wort »Schwob«. Wo i doch d Schwobe so mag und alleweil fir se eischtand, wenn en Badenser wüescht iber se schwätzt.

Etz moß usgrechnet i zume Rassischt werde und ime Würt-temberger vorhalte, daß er en Schwob sei, wo d Schwobe doch Alemanne sind wie mir Badenser. Des Wort »seckel-haft« hot mi it so g'reut, des wär hekschtens ä läßliche Sünd, aber ime Mensch, wo andersch schwätzt wie mir, dem vor-halte, daß er kon vu uns isch, kon Badenser, sondern en Schwob, des isch Fremdefeindlichkeit, des isch Rassismus.

Etz hon i halt denkt, wenn de dich verdemütigsch und dei Sünd effentlich beichtesch, daß d Leut au mol erfahred, wa du fir en Kerle bisch, no isches dir wieder wohler.

Gege de Wind brunze …

Wer im Volk uf s Maul schaut, der ka en Philosoph were, ohne daß er schtudiert. Selle Weisheit im Volk isch en tiefe Brunne, und wer us dem schöpfe ka, der isch no lang it de Bledscht. Au bi uns Alemanne isches so, daß sich d Volksweisheit i Sprüch eikleidet und mir hond Sprüch parat, do mößt mer jeden einzeln i Gold eirahme.

S isch aber au so, daß die Sprüch us unsere Landschaft uf unsern Charakter zeiged, und der isch denn abot scho wengle arg herb. Mer moß denn halt so gschied si und usefinde, wa mer a unsere Sprüch beherzige sott, und wo mer grad s Gegeteil vu dem mache mueß, wa i dem Spruch enthalte isch. Wenns also heißt, »it gschimpft, isch scho halbe globt«, no sott mer wisse, daß des eifach falsch isch, und daß mer im Mitmensch Anerkennung schuldig isch. Mer ka it lebe, wenn se om it wieder mol saged, daß des guet isch, wa mer grad macht. Wenn d Frau de Ma frogt, »wie schmeckt der's?« No sott de Alt it nu sage, »jo mer ka's esse!« Do wird uff Dauer jedere Frau s Koche verleidet und wahrscheinlich it nu des. En Maa wo nu bröselet, ä Wiib wo ko liebs Wort hot, en Chef wo nie lobt, des sind alls Würmer i de Gsellschaft. Die bohred nint wie Löcher is Seeleläbe vu de Mitmensche, i dene sich denn de Unmuet und d Luschtlosigkeit, z letscht Traurigkeit und Verzagtheit einischted.

Mer moß scho saumäßig guet ufpasse, bi dene alemannische Schprichwörter, ob se so gmont sind, wie mer se sagt, seit, set oder saat. D hon i neilich inere noble Gsellschaft wieder so Schprüch ufgschnappt, iber die hon in mi richtig gfreit. Mei Tischnochbere isch ä wärschafte Schwiizere gsi, und die hot mir verzellt, sie tei d Schprüch vu ihrem Vadder selig sammle. All wieder mol, wenn ere so en Spruch eifallt, wo de Babbe menkmol zitiert hot, no schriibt se den glei uf, daß se'n it wieder vergißt. On vu dene Schprüch hot gheiße: »Die leere Fässer töned am luuteschte!« Ka mer deudlicher sage, daß die selle, wo nix druff hond, am meischte gschiide Rede halted! Der Spruch aber, wo mi am meischte gfreut hot, der hot gheiße: »Wer gege de Wind brunzet, kriegt nasse Hose!« Korrekt ibersetzt will des heiße, daß mer it gege de Schtrom schwimme soll, weil mer sich do demit nu schadet. Jo doch, mir Alemanne sind vorsichtig. Nu it z wiit usem Fenschter loene, mer kännt nämlich s Ibergwicht kriege. Aber grad des isches ebe. Weil sich niemerd ebbes traut, weil kon uffalle will, weil mer besser macht, wa alle mached, gliich denkt, gliich schwätzt, sich gliich azieht, ka mer mit dere Masse Mensch au mache wa mer will.

Wo selle i de sogenannte Kunschtausschtellunge umenand renned und bedeitungsvoll mit em Kopf wackled, als ob se erschüttered wäred, iber die Großartigkeit vu dem Werk, anschtatt se sich zum sage traued, des sei en Granateseich, drum ka mer om etz fange vor ä leere Leinwand anestelle, wo 5000 Mark koscht und ka uns weismache, des sei die »Tiefe des Raumes!« Nu it gege de Wind brunze, suscht kriegsch nasse Hose. Sag wa alle saged, sag des eifach au »des find ich e starks Bild, mit ere mordsmäßige Schpannung«, no bisch nämlich »IN«, no ghörsch au dezue. Wenn de sage dätsch, des sei en Scheiß, also gege de Wind brunzesch, no heißts doch glei, du seiesch en Banause, en Bildungsbürger, en Schpießer, und du hettsch nadierlich vu nix ä Ahnung. Wenn se iber d Jude und iber d Ausländer hetzed, und de Kanzler en Idiot schimpfed, denn brunz it gege de Wind, suscht kriegsch nasse Hose. Nu sind selle, wo all nu trockene Hose hond, obwohl se allhek und iberall und iber alls num brunzed, aber all nu mit em Wind und nie degege, nu sind selle die Lüt, vor dene i am meischte Angscht hon, weil nämlich Feigheit ä Schweschter isch vu de

Bledheit und die isch gfährlich, weils so Halbgschiede giit, wo nu druff lauered, daß se mit de Blede wieder mache känned, wa se wänd ...

Grob aber wohr

S isch scho so daß die meischte Gschichtle, wo i schriib, daß die it erfunde sind, sondern schlicht und eifach erlebt. Manchmol moß i se allerdings weng verfremde, damit mer it glei woß, wer des etz war, mit dem i des oder sell erlebt hon. I schriib au konne Gschichtle, wo mir d Lüt verzelled, i mag se selber erlebe, no hon i erscht so richtig de Schpaß zum driber schriibe. Manche Gschichtle moß i mir allerdings verkneife, obwohls mi saumäßig aamache dät, daß se gschriebe were dät, die Gschicht. Mer derf aber halt die andere Lüt it blamiere, des derf mer nu sich selber und wemmer des mol gwöhnt isch, des sich selber blamiere, no hot mer am End no richtig Spaß dra. S giit aber au so Sächele, do glaubed om d Lüt fascht it, daß des so war, und sie moned, des hett i erfunde, aber grad die unglaublichschte Sache sind die, wo am eheschte total wohr sind, und sie sind so passiert, wie se gschriebe sind. Mer derf oder soll au it mogle oder abschwäche oder glätte, des dät dene Sächele jo des bsundere Gschmäckle näe, und drum druck i mi au it drumrum, wenns au mol so richtig alemannisch-badisch zuegoht, au wenn ä paar moned, »also das geht denn doch zu weit!« Letschte Woch zum Beischpiel bin i mit mim Fahrrädle i de Stadt gsi, und im Homfahre bin i inere liebe Freundin begegnet, wo au i d Nordstadt hot mööße, aber sie war z Fueß. Also bin i abgstiege, und mir sind zämme ä Schtückle mitenand gloffe. Do kummt ä richtig temperamentvolle Singemere

135

hinder us drei, überholt uns im Schturmschritt, und set im Vorbeilaufe,»na ihr zwei Hübsche!« I hon denn glei gfrogt, wer vu uns zwei etz de Hübschere sei, obwohls klar war, daß i des it war. Scharmant hot se gset, die pressante Singemere: »ihr sind beide gliich schä!« Dodemit wared mir zwei denn au richtig zfride, aber wie die Singemere ugfähr zwanzg Meter wiiter gloffe gsi isch, dreht se sich nomol noch uns um und rüeft:»Bi ihrene beide letschte Gschichte hon i wieder firchtig bläre mößel!«

S isch nämlich it immer nu luschtig, wa i amel schriib, und manchmol moß mer halt it lache, und selle, wo weng meh Gmüet hond, wie die andere, die mond denn halt au mol weng brieke. Etz hon i die Sach weng uf die leichte Schulter näme welle und hon dere Frau zuegruefe:»S schadet nint, wenn d Wiiber amel wieder mol weng bläre mönd!« Was bleders isch mer grad it eigfalle, aber die Singemere hot glei pariert und laut iber die ganz Schtroß dure gruefe:»Jo s isch wohr, no mond se scho it so vill seiche!« I hon mi müeße a de Lenkschtange vu mim Fahrrädle hebe, weil's mi fascht umghaue hett, und mei Begleiterin und d Lüt drumrum hond sich ausgschüttet vor lache.

Ä Frau, wo grad ihrene leere Flasche hot a de Container bringe welle, hot no gmont,»sodele, etz hond se jo Stoff für ä neue Gschicht!« Inzwische isch die schnelle Dame ugfähr dreißg Meter entfernt gsi. Do dreht se sich nomol um, macht ä Knicksle wie ä Schuelermädle und rüeft mir zue:»Gell des war guet Singemerisch«, denn isch se schnell wiiter grennt. Do hots i mim Hirn bereits gratteret, wie mer die Gschicht verzelle känntt, ohne daß etz wieder a paar Anschtoß nähmed. Etz hon i se halt verzellt, wie se abgloffe isch, und ehrlich gset, i känntt mi etz no usschütte vor lache ...

WESTERNSTORY

Sie gänd de Rösser d Spore,
no haued se nand uf d Schnorre
und allhek machts bum bum,
no keit en Maa dot um.

Noch em Whisky abegieße
tond zwei enand verschieße
und wie's halt isch im Lebe,
de Guet, der schießt denäbe.

Am Himmel kummts ge blitze,
de Sheriff hot on sitze,
de ei wälzt sich im Bluet,
do kunnt on, der isch guet.

Sieht den am Bode liege,
d Gerechtigkeit moß siege,
er zieht de Colt und bum,
etz keit de Böse um.

Mer hot im wilde Weschte
mit de Böse kone Breschte.
Mer zieht de Colt und zack,
verschießt mer halt des Pack.

I dät's, des sind so Sache,
au menkmol gern so mache,
doch weil mer's do it ka,
guck i gern Weschtern a!

Roß und Maa ...

I dene schwäbisch-alemannische Redewendunge und Schpruchweisheite schteckt eigentlich d Lebensweisheit vu Generazione. Und Lebensweisheite sind sell, uf wa mer lose sott, wemmer it all im Lebe denäbe dappe will. Die Schprüch vu de Alte, wo bim schwätze uf die Junge ume kumme sind, wo also die Junge vu de Alte eifach ibernumme hond, die drucked jo Erfahrunge us, wo mol gmacht wore sind, wo it nu vu om gmacht wore sind, sondern vu ganze Gschlechter.

O wenn nu au die Junge vu de Alte weng meh so Schpruchweisheite ibernähme däted, sie kännted sich vill Bledsinn im Läbe erschpare. Sie wänd aber ihre Erfahrunge immer wieder selber mache, nu bruched se meischtens lang, bis se kapiert hond, »Wa nützt ä schäne Henne, wenn se kone Eier leet?« Wo des Mädle en Bursch hom brocht hot, mit Ohre, so groß wie Abtrittdeckel, no hot d Muetter vu dem Mädle nu gmont, »Zwä Wüeschte könned enand au gfalle!« Warum hett au des Mädle solle en Dressmänn meh möge, als wie ihren Bursch mit dene große Ohre? Sie hot sich angesichts schänerer Mannsbilder sicher au denkt, »Au die rote Öpfel fuuled!«

Iberhaupt gilt des heut meh denn jeh, wo alle nu no »knakkig« sei sotted. Do saged se mit Fueg und Recht uf em Land, »Au die harte Birre wäred teig!« Iberhaupt uf em Land, im freie Umgang mit de Natur, do hot sich vill Schpruchweisheit aagsammlet. Do war vu Emanzipazion sowieso ko Red, do war de Bauer de Schef, do wared d Männer all weng ä Treppele höcher als d Wiiber. Drum hond sich au bis heit die Maane meh Freiheite leischte känne, als des schwache Gschlecht.

Die mit nix begründete männliche Haltung hot sich denn

niedergschlage i dere Volksweisheit, wo des Problem i om
Satz zämmefaßt:»Roß und Maa schtoht s furze a, Wiib und
Kueh, heb s Fiidle zue!« Die Lebensweisheit hon i ibrigens
vu me alte schwiizer Buur us unsere Gegend und der hot
meh Schprüch uf Lager, wie en Jäger Patrone im Gurt. Sei
Uffassung vum Läbe kriegt der i om Satz zämme, wenn er
mont,»Mach wa de kasch, dert wo d bisch, mit dem wa d
häsch!« Mit ere sottige Eischtellung hot mer scho ä guets
Fundament, und wenn denn no die Eisicht dezue kummt,»S
Geld isch nie verlore, s kunnt nu i andere Händ«, no braucht
mer au it neidisch sei, wenn de ander weng meh hot, als
mer selber gern hett.

S isch halt scho immer so gsi,»Wo vill isch, will vill ane!« Do
haltet mer sich am beschte a den Schpruch,»Wa mer it uus-
giit, moß mer it iinäeh!« Aber ä ganz dialektische Redewen-
dung honi kürzlich vume alte Allmeschdorfer, also vu
Konstanz-Allmannsdorf ghört. Der isch de Meinung,»Mer
läebt it siner Läbtig!« Ibersetzt dät des ugfähr heiße,»man
lebt nicht seiner Lebtag«, man läbt also it alle Tag, solang mer
läbt. Und sell isch bigoscht aber wohr. S giit gnueg Täg im
Läbe, wo mer s Gfiihl hot, daß s Läbe a om vorbei goht, daß
mer am Läbe gar kon Anteil meh hot, daß mer eigentlich garit
läbt. Mer läbt eigentlich iberhaupt ersch richtig, wenn om s
Iäbe weng Freud macht. Dodezue brauchts
manchmol garit vill, wemmer die richtig Eischtel-
lung zum Läbe hot. Ä bitzele vu dere Eischtellung,
des mecht i allene us eme ehrliche Herz winsche.

Hasebache und z noh weg

De Dialekt isch alls, nu ko dote Schproch. Ebbes lebendigers wie de Dialekt giits glaub i garit. Mer ka so alt were, wie mer will, mer lernt all wieder nomol ebbes dezue, und s isch nu schad, daß die wenigschte Lüt die Uusdrück ime Heftle oder eme Büechle notiered, wo d Großeltere oder d Eltere no benutzt hond. En Usdruck, wo i miner Lebtag no nie ghört hon, wo aber i die Landschaft ghört, isch zum Beispiel »Hasebache«. Wer ka sich hüt scho no do drunder ebbes vorschtelle, aber s giit no ä handvoll Hegauer, wo no wissed, wa Hasebache bedeitet. Wenn i dene Waldstück, am Schienerberg, am Twiel, am Krähe oder am Stoffel oder Hewe, wenn do noch em Rege oder noch em Gwitter no so Nebelfetze i de Böm hanged, daß mer mone kännt, des wäred kläne Wölkle, denn seit de Volksmund, daß »d Hase bached«. Die Hasen backen, darum der aufsteigende Rauch, der wo gar koner isch, sondern en Nebelfetze, wo uussieht, als dät ä Hasefamilie ihre Brotöfele heize. Und wenns »Hasebached«, no kummt meischtens no meh Rege, saged se do rum im Land, die sellene, wo ebbes vum Wetter verschtond.

Wer absolut oder sogar todsicher was vum Wetter verschtoh mueß, des sind d Fischer und au d Segler. Mit sottige bin i neulich z Allmeschdorf (Allmannsdorf) binenandghocked. Des sind ganz bsundere Konschtanzer, weil die gar kone Konschtanzer si wänd, sondern ebe Allmeschdorfer. Im Verlauf vonere Diskussion bi i bi irgendebbes it so richtig mitkumme, bis one gset hot, du bisch halt »z noh weg!« Den Ausdruck hon i erschtens no nie ghört und zweitens au it verschtande, bis mer mir des denn eschpliziert hot. Wo oner sott sei Schifferpatent mache, isch er bi de Prüfung durchgfalle, durchgrasselt oder durchkeit, no hond sen gfrogt, wieso er etz bi dere Prüfung durekeit sei, no set der, er sei bim Aalege vom Boot »z noh weg« gsi. Sofort hon i kapiert, das des en ganz tiefgründige filosofische, nei besser en »filusofische« Begriff isch, den me i de Schriftschproch nie formuliere kännt. So ä grandiose Aussag goht nu im alemannische Dialekt. Er war »z noh weg!« Er war also, bim lande vum Boot, also vum aalege a de Bootssteg z weit weg und gleichzeitig z noh dane. Etz it glei mule und sage, des gäbs garit. Nadierlich giits des immer wieder im Läbe, daß mer »z noh weg« isch. Mer isch anere Sach z wiit weg, aber au gleichzeitig z noh dane.

Am beschte loht sich des am Thema Liebe erkläre, aber mer kas au uff alle megliche andere Fäll ibertrage. S giit nämlich en richtige Abschtand zu ebber oder zu ebbes und wemmer den hot, no paßt's, no haut die Sach hi. Z noh dane oder z wiit weg ka beides falsch si, und wemmer gottsname zu ebber oder ebbes de falsch Abschtand hot, no kummt mer kaum zum Ziel. Im zwischemenschliche Bereich isch des direkt ä goldene Regel. Nu it »z noh weg« sei! De richtige Abschtand isch wichtig. Z noh uf enand dobe isch nint und z wiit vunenand weg isch glei gar nint.

Wägewa bisch au so schtill, hond se mi gfrogt a dem Obed z Allmeschdorf, und i hon denn nu känne sage: Mer sott's it fir meglich halte, wa mer bime flutschige Herdöpfelsalot und eme Stuck lind kochte Schinke alles fir's Läbe lerne ka!

141

Leichtsinnsfehler

Jeder Mensch macht Fehler. Oner meh, de ander weniger, aber fehlerfrei isch so guet wie niemerd. Pessimischte behaupted, daß es scho en Fehler sei, daß mer uf d Welt kummt, aber sellen Fehler hot mer bekanntlich it selber gmacht. Eigentlich gohts so richtig ersch los, wemmer i d Schuel kummt. Ab dert wered om d Fehler offiziell aakreidet. De machsch Fehler bim Schriibe, bim Rechne und machsch Fehler im tägliche Läbe. Mer macht au no Fehler i de höhere Schuel und au im Schtudium. Mer macht sottige i de Lehr und im Beruf, und die kläne Fehler zu dene saged mir Leichtsinnsfehler. Des sind Fehler, wo mer it räet ufpaßt hot, it ganz bi de Sach war, de Kopf oemeds andersch ghet hot. Etz giits do nadierlich saumäßig große Underschied, bi dene Fehler. Wenn ä Frau uf em Wochemarkt die falsch Sorte Herdöpfel i de Korb duet, no isch des it so schlimm, wie wenn ä Apothekere ä Medikament verwechslet. Wenn en Torwart bime Fueßballschpiel en Fehler macht, no ka des fir de Verein jo ganz schlimm sei, aber s isch it so schlimm, wie wenn en Chirurg binere Operazion en Fehler macht. Wer hots scho gern, wemmer ihm en Fueß abnimmt, anstatt de Blinddarm use. Aber mer glaubt iberhaupt it, wa fir bledsinnige Situazione entschtande känned, durch en winzige Leichtsinnsfehler. Gucked doch mol unsere Zeitunge a, wieviel sogenannte Druckfehler mer do findet. Früener hots weniger ghet, aber do hots au no en Korrektor gäe, des giits scho lang nimme. Do hocked die arme Mensche vor dene Bildschirm und tipped und tipped, bises ene flimmeret vor de Auge. Do haut mer halt leicht mol en andere Buechschtabe ine. Mer isch jo au it alle Tag gliich guet ufglegt. Mer moß nu wieder mol Zirkus hon dohom, no hot mer am Bildschirm halt s Hirn it so im Griff wie suscht. Etz isch ä tüchtige

Schreibdame am setze gsi und de Deifel hots welle, daß sie hot müeße die sogenannte »Kontaktanzeige« i de Computer eigäe. One hot gheiße: »Susanne, langhaarig blondes Model mit attraktiver Oberweite, erfüllt dem verwöhnten Herrn die geheimsten Wünsche. Tel. 07531/24832!« I moß glei sage, daß die Nummer frei erfunde isch, sie isch au nu ä Beischpiel. Etz setzt die Dame rein us Versäeh »24382« anstatt »24832.« Mer macht sich kone Vorschtellunge, wa die Verwechslung vu onere onzige Zahl fir verheerende Wirkunge hon ka. Wo nämlich die Frau vum Oberregierungsrat Dr. Bladtke s Telefon abnimmt, nochdems obends gschellet hot, wo de Gatte it dohom war, do rüeft ein wärschafte Schwiizer i de Hörer: »Salli Schatz, icch wötti nu frööge, wenn icch ebbe chönt ge büürschte cho!« D Frau vum Dr. Bladtke isch gwöhnt, daß mer se mit Frau Doktor anschpricht, vielleicht au mol mit Frau Bladtke, aber des »salli Schatz« hot se grausig irritiert. Weil se it glei gschnallt hot, um was es sich handlet, weil se ä aschtändige Frau isch, hot se gmont, des sei en aufdringliche Bürschtehändler. Wo se aber gfrogt hot, »wie bitte, wer ist da«, isch der Schwiizer zur Sache gekommen, wie se hüt saged. Er isch iberdeitlich worre und d Frau Doktor Bladtke hot en Schrei abglosse. De Hörer ischere us de Hand gfalle und sie hot möße abliege. S hond no drei Freier a dem Obed aagruefe und on hot wüeschter gschwätzt als de ander. D Frau Doktor isch schier driber naus kumme und hot zitteret a Leib und Seel, wo de Ma hom kumme isch. Träne sind ere abe grennt, wo se im Maa, im Herr Oberregierungsrat Dr. Bladtke verzellt hot, wa los war. Sie hot doch alle die Wörter garit wiederhole känne weil se so wüeschte Sache no nie im Läbe gset hot. Er hot so guet wie nix begriffe, bis s Telefon wieder gschellet hot, und de nächste Freier mit dere freizügige, großherzige Susanne en Termin hot mache welle. Brüelet hot er, de Herr Dr. Bladtke, bis der Freier gfrogt hot, »ja hond sie vielleicht it die Nummer 24382?« Do isch dem Herr Dokter de Zehner abekeit. Er hot Zeitung gnumme und usegfunde, daß us Versäeh sei Nummer bi dem Model Susanne gschtande isch. Wa denn uf de Zeitung los war, ka mer it bschreibe. I hon die Gschicht au nu gschriebe, damit mir alle wieder weng gnädig sind, wenn unsere Mitmensche Fehler mached. Au die Lüt wo Zeitung mached, sind nu Mensche wie du und ich.

Verlag und Vertrieb:
Stadler Verlagsgesellschaft mbH 1996
Max-Stromeyer-Str. 172
78467 Konstanz

© Copyright by:
Verlag Friedr. Stadler
Inh. Michael Stadler

Umschlaggestaltung Barbara Müller-Wiesinger
Titelbild Hella Wolff-Seybold

ISBN 3-7977-357-0